L'aud
dei quattro
che sf
alle Misera

*ai Salvammare:*
*Nedo Ludy (Vittorio), Ddf, Stefy, Dalla Bona,*
*Pellecchia, Calabrone,*
*«perdimos la cabeza pero no el sombrero».*

## Villa delle Betulle

En equipo se resuelve cualquier contratiempo
cuando te picamos, picamos al mismo tiempo.
Sobre nuestra unidad no debe haber preguntas
frente al peligro las hormigas mueren juntas.

CALLE 13, *El hormiguero*

Io faccio quello che mi dice la testa.

MONTEPULCIANO

## 1

Qui ci chiamiamo tutti per soprannome. È piú veloce, piú comodo. Ci viene piú facile ricordare chi siamo. Io mi chiamo Dino Agile (piacere: mio, voi vi ricrederete presto), ma tutti mi chiamano Agile. Lo so, come soprannome fa un po' schifo, poi di agile ormai ho solo la lingua quando parlo, e a volte nemmeno tanto. Tendo a dimenticarmi le cose, a mischiare i ricordi, a confondere le facce. Sono un rincoglionito, fateci l'abitudine. Spesso quando mi vedo riflesso nello specchio mi saluto dandomi del lei.

Ho settantaquattro anni, un solo rene, la prostata grande come la Danimarca e un'insana, rischiosa passione per i pistacchi. Odio i giovani, com'è giusto. Ma odio anche i vecchi, sono lenti e insopportabili. Odio quei tipi che quando ti guardando sorridono come se avessero visto un cucciolo di labrador. Che cazzo ci avete da sorridere? Sono vecchio, cosa c'è di tenero? Se contate fino a trenta, forse muoio pure. Odio i preti, i gatti persiani, le feste comandate e i telequiz che ci mettono due mesi per dirti se il concorrente ha indovinato la densità della popolazione di Tripoli. Odio un sacco di altre cose. A dire il vero odio quasi tutto quello che c'è sulla Terra, compreso fare gli elenchi, quindi mi fermo qui. Anzi, un'ultima cosa: su tutto e tutti odio quelli che mi cedono il posto sull'autobus. Non me ne faccio niente della vostra pietà, se davvero volessi un posto me lo prenderei con la forza, potete giurarci. Gli autobus, io li guidavo. Poi, quando sono diventato piú vecchio dei pullman che guidavo, sono andato in pensione dopo migliaia di chilometri di traffico, e da autista sono diventato passeggero. Non è facile abituarsi a guardare di lato, dal finestrino, invece che davanti. Farsi portare invece che portare.

La prospettiva è una cosa fondamentale.

Ho tre amici. Sono le uniche tre cose che non odio troppo al mondo.

Uno è Guttalax, lo chiamiamo cosí perché è piú stitico di un bambolotto. Gli altri sono Nino Malaparte detto Rubirosa e Cosimo Piaga detto Brio per via del Parkinson.

Alloggiamo tutti a Villa delle Betulle, vicino Roma. E anche se il nome può farvi pensare a grandi saloni con arazzi alle pareti e bagni dai rubinetti dorati, vi assicuro che è una merdosissima casa di riposo che olezza di lettiera per gatti.

Oggi mi sono svegliato tardi. Che è molto meglio di non svegliarsi affatto. Il trucco per diventare vecchi è quello di alzarsi tutte le mattine, nessuna esclusa. Basta saltare un lunedí e zac: l'eterno riposo dona loro eccetera eccetera. Ho aperto gli occhi che erano le otto passate. Di solito non mi sveglio mai dopo le sei. È una piacevole abitudine che mi ha donato la vecchiaia, insieme a quella di pisciare a rate ed essere trapassato dagli sguardi delle donne. All'inizio fa male, poi ci si abitua e fa pure peggio.

Seduto accanto al mio letto c'era Guttalax. Il solito completo grigio sdrucito con la cravatta rossa e la camicia bianca.

– Buongiorno, – mi fa.

– Speriamo, – sbuffo io, girandomi dall'altra parte.

È che Guttalax ha questo faccione color cerotto con il doppio mento e le borse sotto gli occhi. In testa nemmeno un capello. Come prima immagine del mattino non aiuta la circolazione linfatica.

– Sono le otto e dieci, – mi punzecchia.

– Oh certo, faremo tardi per il nulla che ci attende.

– Ma oggi è l'ultimo martedí del mese, – ribatte, con quella voce piena di catarro e speranza che lo contraddistingue.

Mi volto di scatto (di scatto... diciamo a una velocità considerevole) e sollevo le coperte.

– L'ultimo? – gli chiedo, intanto mi sistemo sul bordo del letto.

Lui fa rimbalzare il viso color cerotto e sorride. Quanto mi fa incazzare Guttalax quando sorride. E Guttalax sorride sempre. Accetta ogni avvenimento della vita stirando le labbra all'insú e addolcendo gli occhioni. È un uovo di Pasqua con dentro la felicità, non riesci mai a odiarlo completamente, si salva sempre in calcio d'angolo. Maledetto vecchio stitico.

– Potevi dirmelo prima, no?

– Ci ho provato, Agile... – balbetta lui.

– Come no, come no, tirami la vestaglia, dài.

Guttalax me la passa e la infilo tipo pugile, aperta sul pigiama bordeaux.

– Come sto?

– Sembri Marlon Brando.

– Stai dicendo che sono grasso?

– No, no, è che stai bene, proprio un divo di Hollywood, – si affanna a chiarire lui.

Afferro la boccia di profumo che tengo nel cassetto del comodino. «Parfum de Paris», c'è scritto sull'etichetta nera. Me l'hanno data gratis al supermercato con il rasoio e il dopobarba, ma staccata dalla confezione omaggio fa il suo sporco effetto.

Me ne rovescio qualche goccia sul palmo della mano e strofino collo e ascelle. Guttalax segue la scena rapito, la bocca spalancata. Poi agguanto il pettine e mi domo tutti da una parte i sedici capelli bianchi che mi sono rimasti. Con gli occhi cerco il parere di Guttalax. Lui sorride, mi alza un pollice in faccia.

Adorabile vecchio stitico.

L'ultimo martedí del mese vuol dire una cosa sola: dottoressa Micaela Maione.

Ecco, lei non la odio mai. Trentanove anni, mora, alta, occhi verdi. Ce la manda non mi ricordo quale Asl per il programma salute deliberato dalla nostra gloriosa Villa delle Betulle. Ogni ultimo martedí del mese check-up completo per i suoi ospiti. Analisi del sangue, controllo del peso, pressione, acqua e olio.

L'unica cosa buona che hanno fatto le Miserabili Monache dell'ordine di santa Lavinia d'Oriente, le custodi in uniforme biancazzurra di questo posto, le nostre carceriere. Che poi, sono sicuro, santa Lavinia d'Oriente non esiste nemmeno. Controllerò.

Comunque, dicevo, la dottoressa Micaela Maione è l'unico essere vivente in grado di farmi avere ancora un'erezione non indotta farmacologicamente. A dire il vero, io le pillole blu non le ho mai prese, semmai Rubirosa, che ne tiene sempre un astuccio nel taschino della camicia. Ne ingurgita una al giorno, dopo pranzo, anche se non deve accoppiarsi. Lo fa per «tenerlo pronto, come una prova antincendio», dice.

E il fatto che adesso, come mi ha appena ricordato Guttalax, siano le otto e dieci, non depone a favore del mio incontro mensile con la Maione.

Qui a Villa delle Betulle tutto funziona a tempo. C'è un orario per ogni cosa. Un orario per mangiare, uno per guardare la tivvú, uno per pregare. Ancora, un orario per giocare a scala quaranta, uno per dormire, uno per guardare fuori dal finestrone dell'atrio. Questo del finestrone è un capitolo a parte; l'orario non ce lo impongono le Miserabili Monache, è piú che altro una lotta di nervi tra i presenti per tenere sempre uno dei *propri* a occupare i posti migliori. E sí: c'è un orario anche per Micaela Maione. Quell'orario durerà un'altra manciata di minuti, alle otto e trenta fine dello show, se ne riparla tra un mese. E, detto tra noi, non so se ho un altro mese da spendere su questo pianeta.

– Voliamo, Gutta, alla sala, – tuono, puntando un indice alla porta.

– Agli ordini, Agile! – Guttalax, neanche a dirlo, sorride.

## 2.

Quando entriamo nella sala, che ha sulla parete lunga l'ambito finestrone, mi accorgo dell'irreparabile. Serro i pugni e mi irrigidisco. Guttalax se ne accorge.

– Calmo, Agile, – anche i suoi occhi sono incollati sull'irreparabile, la bocca gli trema.

L'ammiraglio Carmelo Iavarone, nel suo pidocchioso blazer blu e con in testa il cappello bianco d'uniforme, tiene una mano della Maione stretta tra le sue chele avvizzite. Le accarezza piano le dita affusolate. Le cinguetta qualcosa a pochi centimetri dalla faccia, la dottoressa ridacchia a intervalli regolari. Di sicuro le starà raccontando di quella volta che ha combattuto a mani nude contro la cernia gigante al largo di Stromboli. Decrepito bugiardo figlio di un calamaro.

A ogni modo, questo è quello che si chiama: farsi bruciare sul tempo da uno stronzo vestito da marinaio.

Carmelo Iavarone è il mio antagonista storico. Pensate a Joker per Batman, Mazzola per Rivera, Borg per McEnroe. Aggiungete piú odio. Ho capito di detestarlo dal primo momento in cui l'ho visto. Ero a Villa delle Betulle da poco, forse un paio di giorni, e lo incontrai al tavolo della colazione. Era l'alba (se pranziamo alle 11.45, a che ora pensate che facciamo colazione? D'inverno ci raduniamo che è ancora piena notte, sembrano le riunioni di una setta satanica). Io l'ho notato subito, era facile: quello vestito piú da stronzo. Ci siamo ritrovati accanto e, insieme, abbiamo allungato la mano verso la brocca con il latte di soia. I nostri pugni si sono colpiti, vicino al manico in porcellana. Ed è stato allora che ci siamo fissati. Non so dire quanto sia stato, ma in quei pochi secondi io e Iavarone avevamo capito una cosa: ci odiavamo. Da morire. Quel tale è un ex ammiraglio della marina militare in pensione che io chiamo, molto affettuosamente, Capitan Findus. Con lui fanno gruppo Raffaele Uccello, detto Uccello, ed Everaldo Sciabola, detto Sciabola (siamo vecchi, non è che abbiamo sempre lampi di genio per cazzate come i soprannomi).

– Brutto affare, vero? – la spalla comincia a tremare tutta. – Ti sei svegliato tardi, Agile, non ti succede mai l'ultimo martedí del mese.

Brio ha la testa infilata nel solito basco nero, una giacca dello stesso colore gli cade larghissima sui pantaloni, tenuti su da bretelle rosse che rigano la camicia gialla.

– Già, – sussurro senza togliere gli occhi da Capitan Findus, che non accenna a mollare la presa.

– Però! Qué tetas, la Maione, sempre di alto profilo, – questo è Rubirosa, si sistema di fianco a Brio.

Messi cosí sembriamo la difesa a quattro della Nazionale Morti viventi.

Lo fulmino con uno sguardo dei miei e lui alza le mani.

– Ubi maior, – dice annuendo, poi torna a guardare la Maione.

Rubirosa è il vecchio piú allupato dell'emisfero boreale. Ma non è uno di quegli anziani viscidi, bavosi, che guardano le ragazzine mentre sculettano nei jeans. Lui vuole le vecchie. *Tutte* le vecchie. Non ce n'è una che non gli piaccia, una a cui trovi un difetto. Si scoperebbe persino me se indossassi una gonna lunga a fantasie floreali e i gambaletti.

Come vi dicevo, porta sempre con sé un astuccio di Viagra, «per le operazioni d'urgenza», dice. Era professore di Italiano in un liceo classico di Latina, è un uomo raffinato, di cultura, ci sa fare con l'altro sesso. Si tiene in forma, ogni giorno fa una corsetta di mezz'ora nella pineta di Villa delle Betulle. Fisicamente è piazzato bene: spalle larghe che fanno risaltare il metro e novanta di statura, ventre piatto e pelle ancora rosea, è quello che si è tenuto meglio nonostante coltivi anche lui quest'hobby dell'invecchiamento. Tinge i capelli di un nero intenso, petrolio, lasciando bianco solo un ciuffo ribelle sulla fronte, che doma con due dita di gelatina. Lo chiamiamo Rubirosa per via della somiglianza col noto playboy degli anni Cinquanta Porfirio Rubirosa, che lui, in fase di conquista, imita in tutto e per tutto. Anche nell'accento spagnolo. Non fosse che il *nostro* Rubirosa è nato a Fiano Romano. Ma, come dice sempre: «Todo el mondo è país».

– Da questa distanza posso centrarlo dritto in mezzo agli occhi, – la voce che irrompe nei miei pensieri è quella di Brio, si apre appena la giacca e la sua fionda fa capolino dalla tasca interna: – solo un tuo cenno, Agile.

Rifletto al volo ma non posseggo gli elementi matematici per calcolare la distanza, la traiettoria balistica e, soprattutto, la variante $y$ del moto oscillatorio di Brio. Che poi, nessuno sa come sia possibile, ma quel vecchiaccio tremolante è un cecchino, con la fionda.

– No, Brio, – gli stendo un braccio davanti. – Non adesso, non è il momento.

– Non è mai il momento, però, – protesta chiudendosi la giacca.

Già. Non è ancora il momento di colpire Capitan Findus, ma presto lo sarà. Lo avverto nell'aria. Presto ci sarà lo scontro finale. E vinca il migliore. Cioè io. Questa volta non esiterò come sei mesi fa, quando dopo la storica Battaglia dei Pitali gli risparmiai l'umiliazione della pubblica doccia dorata. Questa volta farò il mio dovere fino in fondo.

A un certo punto la Maione guarda l'orologio, sbuffa, deve essere in ritardo. Con una scusa stringe la mano al marinaio e si ricompone nell'impermeabile beige. Ad alta voce saluta le Miserabili Monache di turno (ora ci sono suor Dalila e suor Assuntina, due comodini che assomigliano a cassonetti della differenziata), poi infila l'uscita, cosí, senza aggiungere altro.

Il rumore della porta che si richiude alle sue spalle è il suono spietato della sconfitta.

– Non mi ha nemmeno salutato, – ringhio.

Segue attimo di silenzio in cui i miei tre compari si guardano le scarpe.

– Ma scusa, – questo è Guttalax. – Perché avrebbe dovuto farlo?

Mi volto verso di lui con la velocità del cobra reale: – Perché? Come, perché? Che cazzo di domande fai, Gutta?

Già, perché avrebbe dovuto? Vorrei chiedermelo anche io, ma non posso mostrarmi debole ai loro occhi.

– Perché sí, – chioso.

Guttalax acconsente con un'espressione stranamente seria. Poi, al mio sguardo incuriosito per l'evento, ricambia con un sorriso.

– Cos'è quella faccia triste, Fernandino?

Ecco: se c'è una cosa che odio piú di tutte quelle che vi ho detto prima, è quando qualcuno mi chiama col nome di battesimo che la mia sciagurata madre mi affibbiò a Narni Scalo settantaquattro anni or sono. Fernandino. Neanche il nome di un pagliaccio epilettico da spettacolo per bambini, Fernandino.

E chi poteva rigirare il coltello nella piaga? Chi è l'unico uomo al mondo in grado di starmi completamente su tutta l'area scrotale?

Dài, mi conoscete un po' ormai.

– Quale faccia triste, Capitan Findus? – alzo il mento in segno di sfida, intanto appoggio un gomito sulla spalla di Guttalax. Voglio fargli capire che se cerca rogna ne ha trovate quattro.

– Ahi, ahi, Agile… – Guttalax si disimpegna dal mio braccio. – La cervicale mi tormenta da due giorni, mi ha preso fino alle scapole. Sarà per il tempo che sta cambiando…

Dietro Capitan Findus sbucano Uccello e Sciabola, i suoi fidi compagni. All'unisono, cominciano a ridere. Nota a margine: Uccello è muto. Ride in silenzio, si tiene la pancia e si scuote tutto.

– Cadete a pessi, diobo'! – Sciabola col suo accento romagnolo.

Ridi ridi, seguace di Casadei, prima o poi ti rompo il culo in una balera.

L'ammiraglio Iavarone lo zittisce e continua: – Allora, Fernandino, mi vuoi dire cos'è quella faccia? Ti brucia che la Maione ha scelto me?

Ora è troppo.

– Due cose. Primo: mi chiamo Dino, e per te sono Agile, grazie. Secondo: non cadiamo a pezzi, semmai a pezzi riduciamo voi. Terzo…

– Ma non erano due, le cose? – Guttalax mi interrompe.

– Due?

– Sí, anche a me sembra di ricordare due, Agile, – Rubirosa sporge la testa verso di me.

Capitan Findus ride ancora.

– A ogni modo, – alzo la voce e una mano. – Due, tre, o quattromila, se non vuoi guai, Findus, evapora dalle palle insieme alla tua coppia di avvoltoi.

– Agile, – mi trema un braccio, è Brio. – Ricordati che mi basta un cenno.

– Che succede lí? – la voce stridula di suor Assuntina ci piomba nei timpani, è una delle poche cose che sentono ancora tutti da queste parti. – Allora? Su, su, venite in sala, c'è una comunicazione importante.

– Salvato dal gong, Fernandino.

– Sogna pure, Findus.

Iavarone schiocca le dita e si volta. I suoi due scagnozzi lo imitano e, tutti insieme, si allontanano verso la tivvú e i tavolini.

Non appena sono lontani prendo la parola: – Il prossimo che mi contraddice davanti a quella specie di ruga vivente lo radio dalla squadra di scopone scientifico, – mi pianto di fronte ai miei compari, le braccia incrociate. – E questa volta sono serio, non come l'altra volta. Intesi?

Loro tre annuiscono in silenzio. Guttalax sta per sorridere ma un mio sguardo gli fa cambiare idea.

– Andiamo dalle Miserabili Monache, vediamo cosa vogliono.

– E la Maione? – mi domanda Rubirosa.

Sospiro.

– Tra un mese. Stesso posto, stessa ora, – dico con la fermezza di un capo apache.

– Magari stessa ora no, una quarantina di minuti prima è meglio –. Brio meriterebbe di essere spedito all'inferno, ma stavolta sto zitto.

Mi incammino lento, dietro di me sento strisciare tre paia di pantofole.

Ci sediamo ai soliti posti. Le Miserabili Monache hanno l'aria solenne; la cosa non è poi cosí strana dato che hanno l'aria solenne anche quando devono comunicarci un cambio di styling dei pannoloni. Suor Assuntina stringe tra le mani un foglio, sotto i baffi da fox-terrier scorgo uno strano ghigno. Lo faccio presente a Rubirosa, che però mi ignora, sta fissando Isabella intenta a raccogliere il suo bastone caduto sul pavimento.

– Agile, mira qué espectáculo, – si morde le labbra. Domanda: quanti di voi hanno mai fissato il culo di una vecchia di ottantasette anni per piú di zero secondi? Ecco, lo sapevo.

Non lo degno di una risposta e giro il capo verso Guttalax.

– Sento che sta per succedere qualcosa, – gli faccio.

– Cosa? – mi domanda carico di meraviglia. – Qualcosa di bello?

– Non lo so ancora, la giornata è iniziata di merda, potrebbe essere tutto.

– Forse vogliono darci della cioccolata? – rilancia lui.

Forse vogliono darci della cioccolata? Ma vi rendete conto con chi faccio banda per eliminare Capitan Findus? Sono spacciato, diciamocelo.

Brio non lo interpello nemmeno, mi proporrebbe di colpire in mezzo agli occhi suor Assuntina con la fionda, lo conosco.

Mi stringo nella vestaglia proprio mentre la Miserabile Monaca attacca a parlare.

– Gentili ospiti di Villa delle Betulle, – irrompe nel silenzio generale; che poi: «ospiti»… «prigionieri, ostaggi, scudi umani» sarebbero definizioni migliori. – Vi abbiamo radunato per comunicarvi una novità importante, che riempirà di gioia i cuori di tutti!

– Faremo una gara di rutti? – questo che strilla, in piedi con le mani sulla testa, è Amplifon. Mica c'è bisogno di dirvi perché lo chiamiamo cosí, no?

Lo assecondo. Amplifon non capisce mai un cazzo, per

spiegargli la cosa impiegherei almeno venticinque minuti, e solo voi sapete quanto mi roderebbe il culo di sprecare cosí il mio preziosissimo tempo.

– Per questo fine settimana, in occasione della beatificazione di Giovanni Paolo II, il vostro amatissimo ordine di santa Lavinia d'Oriente ha organizzato una visita guidata di due giorni a Roma presso la Città del Vaticano! Ovazione. Lacrime di giubilo. Quintali di extrasistole. Alcune emorroidi decollano come tappi di spumante. Guttalax mi abbraccia forte.

– Cazzo fai? – lo spingo via.

– Ti abbraccio.

– E perché?

– E non lo so, ho visto che tutti erano felici, quindi ho pensato che...

– Qual è la prima regola, Gutta? C'è bisogno che te la ricordi sempre?

– La prima regola è: mai abbracciarti, – cantilena lui, tapino.

– Oh, – sbuffo io, ricomponendomi. – Piuttosto... Brio, cos'è 'sta storia di Roma? Avevi voci di corridoio?

– Negativo, Agile, – risponde seccato. Brio sa sempre tutto di quello che succede qui. A volte persino prima delle Miserabili Monache (MM, l'acronimo segreto). Strano che questa volta non abbia captato nulla in anticipo, nemmeno i suoi servizi di intelligence sono riusciti ad arrivare per tempo.

– E non sai quanto mi girano le palle, – aggiunge.

– Dài, può capitare a tutti di bucare una notizia, – lo rincuoro.

– Cazzate, – mi radiografa lui, sguardo di molotov. – Ma non finisce qui, ho un piano.

– Un piano? – mi incuriosisco.

– Un piano? – Guttalax si mette di fronte a noi.

– Un piano? – Rubirosa lo affianca.

– Ragazzi, ha un piano. E andiamo, su, snelliamoli 'sti momenti –. Come sempre mi tocca riportare l'ordine in questa banda di vecchi rincoglioniti; si sbalordirebbero persino di una tazzina senza manico.

– Sí, un piano, – le pupille di Brio sono lava pronta a sommergere tutto. – Seguitemi nella mia stanza, qui non siamo al sicuro.

Quando Brio fa cosí ci sono due alternative: o ha i codici di innesco per missili nucleari puntati sulla Corea del Nord, oppure ha davvero qualcosa di grosso per le mani. Appena l'entusiasmo generale si placa e le Miserabili Monache ci accordano il permesso di disperderci, senza dare troppo nell'occhio svicoliamo verso il piano superiore, verso la stanza di Brio.

## 3.

In cima alle scale, a pochi metri dalla camera, piazziamo Necro, un vecchio con la passione dei necrologi. Lo lasciamo lí, giornale aperto in faccia a fingersi assorto nella lettura. Ci farà da palo. Per operazioni del genere usiamo Guttalax, di solito, anche perché in una riunione ha la stessa reattività di un ammasso di vecchie coperte. Ma in questo caso Brio ha detto che dovevamo esserci tutti. Dunque: nell'eventualità di movimenti sospetti Necro ci darà una voce.

– Chiudete la porta, – ci ordina Brio. – Svelti.

Rubirosa ancora non c'è (per le scale si è attardato a importunare Tre: una signora di cui non ricordo neanche il nome, la chiamiamo cosí perché fa tutto col treppiedi, pure dormire), io e Guttalax ci sediamo sul letto, Brio va ad abbassare le persiane e chiudere le tende. Siamo totalmente al buio per qualche secondo, poi una candela gli illumina la faccia. In pochi istanti (pochi… oddio, considerate che ci muoviamo come serpenti su fiumi di colla) un'altra candela prende vita sulla sua scrivania, la stanza si rischiara tremando di arancione, le nostre ombre si allungano sulla parete. Di norma tendiamo tutti a fidarci molto di Brio, ma una cosa simile non gliel'avevo mai vista fare. Sto per parlare quando lui si porta un dito alla bocca. – *Shhh*, – poi lo stacca dalle labbra e lo sposta verso di me, mi chiede di pazientare un attimo. Va verso il bagno, apre il rubinetto al massimo. – Ora possiamo parlare, lo scroscio dell'acqua mette fuori gioco le microspie.

Vecchio maniaco.

– Brio, cos'è, una messa nera?

– Agile, mi conosci, non perdo tempo col demonio, l'inferno lo abitiamo già qui dentro.

Quando vuole essere d'effetto ci riesce sempre, altroché.

– E allora cos'è 'sta storia del buio, delle candele, delle microspie?

– Erano mesi che aspettavo questo momento, che aspettavo un loro passo falso. E oggi lo hanno fatto.

Occhei, ragazzi, dite ciao a Brio perché l'Alzheimer gli ha appena mandato una raccomandata.

– Loro chi?

– Loro, loro. Le Miserabili. Ci porteranno dritti nella tana del lupo, senza nemmeno costringerci a evadere.

Rubirosa entra e ci trova al lume di candela, io e Gutta accanto sul letto, Brio in piedi di fronte a noi. Ora possiamo iniziare.

– Siediti, pervertito, – gli indico la sedia vicino. – Piuttosto, Brio, facci capire –. Da giovane non avevo pazienza, figuriamoci ora che non tollero nemmeno che un secondo duri un secondo.

Brio non parla, va verso l'armadio, lo apre, sfila tutto il suo campionario di giacche larghissime e camicie dai colori improbabili (ma perché si veste come Sbirulino?) Con un ulteriore sforzo stacca una doga di legno dal fondo dell'armadio e ne estrae un cilindro di carta, piuttosto lungo, stretto al centro da un elastico. Sempre senza degnarci di uno sguardo, va alla scrivania, libera dall'elastico il cilindro e lo stende per bene sul tavolo.

– Ecco, – dice, dandoci le spalle. Le candele ora sono offuscate dal suo corpo, la stanza è di colpo diventata buia.

– Ecco cosa? – gli chiedo.

– Il nostro piano –. Finalmente si volta verso di noi.

– Questa è la piantina della sede romana di Rete Maria.

– E che dobbiamo fare noi a Rete Maria, si puedo preguntar? – Ormai avete capito chi è quello che parla questo spagnolo ridicolo, vero?

– Occuparla, – fa Brio senza scomporsi.

– Occuparla? – Sto per chiamare la neuro, mentre Guttalax si mette una mano a ventaglio sulla bocca e scoperchia gli occhi.

– Sí, distaccarci dal tour guidato delle monache, introdurci lí, sequestrare padre Anselmo da Procida, farlo brillare in diretta tivvú, recitare noi il rosario delle diciotto e solo allora, per la precisione, occuparla.

– Brio, non si può far brillare una persona.

– Questo lo vedremo, Agile.

Segue un classico momento di silenzio. Anche perché: cosa puoi dire a un vecchio di quasi ottant'anni che vuole far detonare un prete?

Ora, vi assicuro che Brio ne ha sparate di cazzate da quando lo conosco, ma mai avrei creduto la sua mente terroristica capace di partorire un'idiozia del genere.

Mentre ognuno di noi si chiude nel suo cervello a riflettere sull'idea kamikaze di Brio, Rubirosa alza una mano: – Posso?

– Prego, – Brio gli concede la parola neanche fossimo a un meeting di pubblicitari giapponesi.

– Non ti chiedo come conti di entrare lí dentro perché già so che lo sai, ma come pensi che non ti oscureranno la trasmissione e, soprattutto, come credi di uscire vivo da lí dopo aver interrotto una puntata in diretta? – Oh, adesso voglio proprio vedere come la risolve questo sballato.

– Qui, – Brio, serafico, punta un dito sulla piantina, – è

lo studio 2, dove va in onda padre Anselmo col suo rosario. E proprio qui accanto, – sposta il dito di pochi centimetri, – c'è la regia. Uno, mettiamo tu, Agile, terrà buono il regista mentre noi altri, nello studio, faremo quello
che c'è da fare. Capitolo fuga... – sposta ancora il dito
di qualche centimetro piú in là. – Alla fine del corridoio,
proprio qui, c'è un'uscita d'emergenza con quattro rampe di scale che portano fuori, sul retro, dove ci saranno
i risciò di Ajoub, un mio vecchio amico zingaro che vive
nel campo rom proprio dietro Rete Maria...

– Risciò? Brio: dei fottuti risciò? E come pensi di fuggire con dei risciò se per caso abbiamo alle calcagna le
macchine della polizia? – questo sono io che esprimo il
mio sgomento.

– Noi taglieremo per lí, in quel punto del campo rom
le roulotte e le baracche sono cosí ammassate che le auto di qualsiasi forza dell'ordine non riusciranno mai a
passare, – Brio fa scivolare l'indice fuori dal perimetro
dell'edificio. – In piú, Ajoub e la sua famiglia rallente-
ranno qualunque inseguitore. Hanno rallentato la costru-
zione di un intero complesso residenziale per ricconi, la
spunteranno anche con un paio di poliziotti.

Che dire. Se Dio in persona gli facesse la piú scomoda
delle domande, Brio gli risponderebbe muovendo il dito
su una piantina, senza poter essere smentito.

A Rubirosa viene un ultimo dubbio: – Ma tu come ce
l'hai la pianta di Rete Maria?

– Ho i miei agganci.

– I tuoi agganci?

– Ho anche le buste paga del guardiano all'ingresso, il
piano ferie di tutti i dipendenti, i contratti dell'energia
elettrica, del gas, della...

– Ho capito, ho capito, – Rubirosa si arrende.

– Hai anche le foto dei figli degli addetti alla sicurezza? – rilancio io.

Brio stringe gli occhi: – No, ma posso rimediarle, dammi ventiquattr'ore.

Dannatissimo vecchio maniaco.

Il piano di Brio è semplice: entriamo veloci e invisibili come ninja, creiamo un diversivo (al momento l'unica idea che ci è venuta è quella di far simulare un attacco di cuore a Gutta), ci barrichiamo dentro, catturiamo padre Anselmo da Procida e, simbolicamente, lo inibiamo dalla preghiera delle diciotto, la preferita di Brio, e prendiamo il suo posto. Come dire: facile quanto entrare di soppiatto nella sede di Rete Maria, rapire un prete e dire messa in diretta televisiva.

Dopo aver ascoltato la sua esposizione, una sola domanda mi frulla in testa.

– Perché, Brio? Perché vuoi dire tu il rosario delle diciotto? Perché dovremmo fare questa stronzata?

Quel vecchio col Parkinson scosta la sedia dalla piccola scrivania, si accomoda di fronte a noi. Cerca i nostri occhi. Nei suoi posso leggere la stanchezza di una vita da impiegato delle poste, una vita in cui qualcuno gli ha sempre ordinato cosa fare, una vita di litigi con clienti strampalati, con una moglie incontentabile, figli ingrati. Anche se so poco e niente del suo passato, nel suo volto arrugginito vedo un solo sentimento. La rivincita.

– Agile, quanti respiri mi restano in corpo? Quante cose che non mi vanno bene mi toccherà sopportare ancora? Non rompo i coglioni a nessuno, mi hanno messo qui dentro, non sono libero nemmeno di sentire il rosario della sera come cazzo dico io? Odio padre Anselmo da Procida. Lo odio con tutto il cuore. Odio la sua flemma, odio la sua pedanteria. Soprattutto odio la sua zeppola. Quell'odiosa *s* pronunciata cosí mi manda ai pazzi. Voglio andare da lui, dargli un bel cazzotto sul grugno e dire io alla televisione il rosario come il Signore comanda. Sono sicuro, nessuno dei dodici apostoli aveva la zeppola. Voglio prendermi questa soddisfazione, prima di schiattare. E dato che nessuno mi ha mai fatto giustizia, mi faccio giustizia da solo. C'è un momento per fare battute, e un momento per esseri seri, nella vita. Sempre. E ora è il momento di dire che Brio, questo dinamitardo col basco e la fionda, le mani vibranti come due fruste per fare un dolce, ha ragione. Padre Anselmo da Procida è l'occasione per prendersi qualcosa senza dover chiedere il permesso. E le occasioni vanno sempre colte, anche se hai quasi ottant'anni e ti restano dieci minuti di vita. Sono i rimpianti a farti morire, nient'altro.

– Va bene, Brio, – gli dico. Lui ha ancora il capo chino dopo il monologo (potrebbe essersi addormentato, vediamo). – Ma a una condizione.

Alza di colpo la testa (no, è sveglio), sembra incredulo.

– Sentiamo.

– Nessuno fa brillare nessuno.

– Nemmeno in caso di necessità?

– Nemmeno in caso di necessità. Se accettiamo, padre Anselmo non dovrà brillare. Promettimelo.

Brio sembra contrariato, ma sa che da vecchi si diventa piú ragionevoli: – Affare fatto, padre Anselmo da Procida non brillerà.

Riaccendiamo la luce. Ci troviamo, come sempre, tutti e quattro l'uno di fianco all'altro. Li conosco da un paio d'anni, da quando sono a Villa delle Betulle. Brio è arrivato prima, Rubirosa dopo qualche mese, Guttalax l'ho trovato già qui. Sono i miei amici, che vi devo dire. Uno vorrebbe impallinarsi ogni vecchia che incontra, un altro sorride anche se si siede su una stalattite, un altro ancora sogna di far brillare un religioso. Ma a me va bene, anzi: sono fortunato. Gli amici non li scegli, chi dice il contrario non conosce la differenza tra una scelta e una fortuna. Una fortuna si trova e basta. A poter scegliere non mi sarei ridotto a farmi dosare gli zuccheri da un'équipe di monache, ve lo assicuro. Eppure proprio qui ho trovato loro. Dicono che in Italia i vecchi non si tolgono dalle palle. Cazzate. I *veri* vecchi, quelli come me, Gutta, Brio, Rubirosa, li hanno già biodegradati da un pezzo. Viviamo con delle suore che ci sgridano se teniamo troppo alto il volume del notiziario radiofonico. Questo lo chiamate stare ancora al comando? Quelli sono i *finti* vecchi. I politici, gli imprenditori, i costruttori. Hanno settant'anni ma girano in Ferrari. Io le Ferrari le ho viste solo ai gran premi in tivvú. Si saponano ragazze che potrebbero essere le figlie delle loro figlie, maneggiano enormi quantità di denaro e hanno tre cellulari ultimo modello, i touch screen. Non capisco come facciano a usarli. Io col telefonino che mi ha regalato mio figlio, quello coi numeri giganti, spesso per controllare il credito residuo per sbaglio chiamo la guardia di finanza. Ormai ci hanno fatto l'abitudine, a volte mi salutano anche per nome. «Arrivederla, Agile». Quindi: non fatevi ingannare quando si parla di vecchi e giovani, c'è sempre la fottitura. È il potere che ringiovanisce. Quello non lo fotte nemmeno l'osteoporosi.

Prima di uscire guardo Rubirosa e Gutta. Sembrano perplessi: e come dargli torto. Di Guttalax non mi preoccupo, è talmente buono che ci seguirebbe anche se decidessimo di rapire Roger Moore e vestirlo da 007 per rievocare i bei tempi. È Rubirosa il problema. Allo-

ra è a lui che mi rivolgo, una volta rimasti due passi piú indietro: – Tu che dici?
– La verità?
– Certo.
– Me parece una locura.
– Ti capisco, sai... – mi avvicino al suo orecchio. – Ma vuoi mettere quante vecchie ti si butteranno ai piedi dopo che tutti avranno parlato di questa storia? Quando saremo i quattro di Rete Maria? Saremo dei fuorilegge, e le signore vanno pazze per i fuorilegge... – Ammettiamolo, sono un genio del male.
Rubirosa storce la bocca in un'espressione di contemplazione. Ci pensa su qualche secondo.
– ¿Verdad?
– Vecchie a perdita d'occhio. Affogherai in un mare di menopausa.
– Cabrón... – ammicca, mi stringe la mano. Poi la stringe a Brio. Guttalax nel dubbio lo abbraccia. C'è un momento di grande gioia in cui sembriamo una scalcinata squadra di calcio negli spogliatoi prima della finalissima.
Rimandiamo all'indomani i dettagli tecnici dell'elaborazione del piano, sull'uscio Rubirosa mi afferra un braccio.
– ¿Y tú? Por qué lo fai?
Bella domanda. Tanto che mi paralizza. Dico la prima cosa che mi viene in mente: – Per Brio, glielo dobbiamo, – anche se io non devo proprio un cazzo a nessuno, nemmeno all'Inps che mi paga la pensione.
– Agile, no es la verdad, es una mentira....
Lo sapevo che non sarebbe andato tutto liscio.
Usciamo dalla stanza e, indovinate un po'?, Necro non c'è. Al suo posto, in fondo al corridoio, Capitan Findus con Sciabola e Uccello. Ci vengono incontro, quel coglione vestito da Braccio di Ferro mi fissa.
– Ci divertiremo a Roma, Agile.

– Di che parli, mozzo?

– Della nostra gita, – gatteggia piú di Mina durante un'esibizione.

Sta bluffando o sa qualcosa? Ci hanno spiati? E dov'è finito Necro? Perfetto, cominciamo alla grande, ci mancava solo la marina militare tra le palle.

Poi quei tre, tutti impettiti, ci sorpassano e svaniscono per le scale.

– Necro? – Brio è preoccupato quanto me.

– E che ne so, lo avranno ammazzato e avranno nascosto il cadavere.

– Veramente? Lo hanno ucciso? – Guttalax sta per piangere, gli si è gonfiata la voce.

– No, scemo, – lo spintono un po'. – Chissà dove si è andato a cacciare, quell'infido.

– È lí, – Rubirosa indica le scale da cui sono spariti Findus e company.

Necro cammina verso di noi, sembra affranto. Quando ci raggiunge tiene gli occhi bassi e la bocca chiusa.

– Be'? – gli chiedo. – Dov'eri? Te ne sei andato? Non dovevi fare il palo per noi?

– L'ho fatto, – dice lui, alzando lo sguardo. – Fino a un certo punto.

– Come, fino a un certo punto? E poi?

– Poi, stavo leggendo i necrologi, no? E chi ti vedo? Giuseppe Scimmia. Morto, a settantanove anni, ne davano il triste annuncio la vedova, la figlia Lara, il figlio Daniele, la nipote Silvia, il fratello Gianluca...

– Necro! E quindi? – Ora ci spedisco lui, tra i necrologi.

– E quindi sono corso di sotto, alla cabina, a chiamare Giuseppe per vedere se era davvero lui o era un omonimo. Solo che sono stato lí venti minuti, non rispondeva nessuno a casa, doveva essere uscito.

Perfetto, per il futuro ricordiamoci che Necro non è
piú nel cerchio della fiducia. Maledetto vecchio necrofilo
amante dei gettoni.

Quando la sera mi chiudo in camera mia sento quel vuoto nella pancia che capita di provare solo dopo un clistere.
O dopo che non ti sei ancora detto la verità ad alta voce.
Ho abbastanza anni da sapere che le cazzate piú grandi
sono quelle che diciamo a noi stessi. E io qualcuna continuo ancora a raccontarmela.
Mi siedo sul letto e apro il cassetto del comodino. Scavo
tra fogli ingialliti, un calendario del 1978, vecchie agende,
e dal fondo pesco una fotografia. Bianco e nero. Io ho diciannove anni, sono a Roma, ho una divisa dell'esercito.
Dietro di me il Colosseo, di fianco una ragazza, lei di anni
ne ha diciotto, sorride in un vestito chiaro, lungo alle caviglie, stretto in vita da una cintura. Ha i capelli neri neri,
come i miei, raccolti in una specie di palletta sopra la testa
(non dirò mai la parola chignon, scordatevelo). Mi tiene una
mano intorno alla vita, io le lego le spalle con un braccio.
Si chiamava Flaminia Bocchi, figlia del cavalier Bernardo
Bocchi, che tra gli anni Cinquanta e i Sessanta era il re dei
costruttori della capitale. Ecco, io di Flaminia Bocchi ero
pazzamente innamorato e, se devo dirmi una verità, prima
di dirla a voi: è per lei che voglio farmi questo giro a Roma
lontano dalle monache. È per lei che ho accettato di fare i
separatisti baschi nella sede di Rete Maria con Brio. È per
lei che voglio tirare dentro quell'arrapato cronico di Rubirosa e quel (mettete un aggettivo lodevole a caso) di Guttalax.
È che sentire Brio parlare di ultime occasioni mi ha fatto
venire un prurito nuovo. Oh, l'ho ammesso. Mi sento già
meglio. E lo so che la mia coscienza si lava con poco, ma vi
assicuro che non sono sempre stato cosí stronzo. Per esem-

pio, con Flaminia ero ancora un essere umano in grado di provare un sentimento come l'amore. Facevo il militare a Roma quell'anno, l'avevo incontrata per caso, in un bar del centro, l'avevo corteggiata con la costanza e la dedizione di un orsetto lavatore. Dopo un paio di mesi aveva ceduto e mi ero ritrovato con lei nei salotti romani della borghesia piú sfrenata. Io che venivo da Narni Scalo e non avevo neanche idea di cosa fosse un Negroni. Fu l'anno piú bello della mia vita, fino al momento in cui Flaminia Bocchi decise che la mia estrazione sociale era troppo piú bassa della sua e che la nostra relazione non l'avrebbe portata da nessuna parte. «Meglio cosí», mi disse, un pomeriggio di maggio. Meglio cosí per te, Flaminia Bocchi. E se oggi, a settantaquattro anni suonati, ancora ricordo il suo nome e cognome, questo dovrebbe farvi pensare a quanto non sia stato meglio per me, quel famoso pomeriggio di maggio.

Ecco, adesso io Flaminia Bocchi voglio vedere se è ancora viva, prima di tutto. E, nel caso, trovarla. E se quel mitomane di Brio vuole prendersi padre Anselmo da Procida, io voglio riprendermi lei. Fosse anche solo per un'ora, dirle che in tutti questi anni non ho mai smesso di pensarla. Meravigliati? Cos'è? Il vecchio Agile non può avere un lato romantico? Non ci credete? No, non voglio farla brillare, se è quello che state immaginando. Deve capire cosa si è persa.

Con la foto tra le mani, mi guardo allo specchio sopra la scrivania. La realtà è che Flaminia Bocchi non si è persa niente (questo perché abbiamo detto di non raccontarci piú cazzate). Sono vecchio. Ho la pelle color puntura di zanzara e gli occhi sono diventati due olive in salamoia. Ho una pensione di novecentotrenta euro al mese. Che non dura piú di venti giorni perché spendo tutto in quintali di pistacchi. Li compro di contrabbando al mercato nero di Villa delle Betulle da Embargo, il nostro trafficante di fiducia; un vecchio che smercia cibo, indumenti, armi da taglio a prezzi concorrenziali, tra i migliori sul mercato nero delle case di riposo. Senza troppi giri di parole voglio trovare Flaminia. Non so se mai ricapiterò a Roma da uomo vivo, è un'occasione troppo ghiotta. Perché per voi è facile pensare di spostarvi, salire su un treno, un aereo, un taxi. Per noi no. Quando sei vecchio anche prendere una bottiglia d'acqua da un frigorifero diventa un'operazione a rischio *Frattura del Femore* (un'operazione FDF, come la chiamiamo noi). Per questo chiedi piaceri per qualsiasi cosa a chiunque: amico, figlio, fratello, estraneo conosciuto quattro secondi prima alla fermata dell'autobus. Per questo, e pure perché hai fatto e rifatto talmente tante volte gli stessi gesti che ti sei rotto anche solo di pensarli. Da vecchi mi direte se non è così, e se non sarà cosí, tanti cazzi, per me è cosí.

Il punto è: come la trovi a Roma una vecchia (perché sarà invecchiata pure lei, anche se ci aveva i soldi a palate, no?), di settant'anni, di cui non sai piú nulla da una vita, se non un nome, un cognome e un vecchio numero di telefono?

A ogni modo, questo è quello che si chiama: non sapere quanti assi nella manica può avere uno come Dino Agile.

Mi addormento pensando a come confessare tutto ai miei compari. Onestamente non lo so, sono un genio del male, non della sincerità. Troverò un modo, mi dico, quando gli occhi diventano pesanti e la testa si svuota un po'.

Merito del Minias gocce, una garanzia.

## 4.

Il mattino dopo di fronte alla tivvú c'è Replay, un vecchio che era già qui al mio arrivo, avrà piú o meno settecento anni, credo sia stato lui a curare il servizio catering il giorno della firma della dichiarazione d'indipendenza americana. Sta guardando Rete Maria, dietro c'è il solito capannello di vecchiacci ipnotizzati dal video (quando sei vecchio ti ipnotizza qualsiasi dispositivo a energia elettrica, persino un neon, o un frullatore). Non vedo in giro Findus, Sciabola e Uccello. Facile: staranno tramando per rovinarci le vite, come sempre. Rete Maria è l'unico canale che le MM ci lasciano guardare: hanno criptato tutti gli altri, quelli Rai e Mediaset compresi, dicono che ci agitano troppo, ci rendono violenti. Vorrei far conoscere loro il contenuto dell'armadio di Brio, chiamerebbero i federali, prima che un buon esorcista.

Replay ha una caratteristica: ti ripete qualsiasi parola gli dici per ultima, quando gli rivolgi una domanda.

Per esempio, questo sono io che mi avvicino: – Ciao Replay, hai visto in giro Findus e i suoi scagnozzi?

E questo è lui: – Scagnozzi.

Ogni volta non riesco a darmi per vinto: – Replay, sforzati a rispondere, per cortesia: Findus e la sua banda di triglie.

– Triglie, – stavolta annuisce.

Impossibile far sputare informazioni a qualcuno qui dentro, dannazione.

Abbandono la zona tivvú e vado verso i tavoli dove si riuniscono le signore per giocare a carte. Questa è un'operazione per Rubirosa, allora schiocco le dita e lui mi affianca.

– So cosa devo fare, – mi strizza l'occhio. – Soy el mejor.

– Sí, Julio Iglesias, ándale, ándale.

Si siede a un tavolo dove è appena finita una partita di burraco, e dall'aria stravolta che hanno le quattro vecchie deve essere stata la mano piú difficile della loro vita, o semplicemente stanno per ascendere al cielo. Rubirosa si volta verso una di loro – la chiamiamo Civitavecchia, tra poco capirete perché – e le prende una mano. Sarà pure il migliore con le donne, ma ha sbagliato bersaglio, penso mentre quello comincia a chiedere dei nostri nemici. Civitavecchia gli afferra tutto il braccio e lo tira a sé, comincia a piangere. Ricordate la Madonna di Civitavecchia, quella che schizzava sangue dagli occhi? Ecco. Civitavecchia piange tutte le volte che qualcuno le rivolge la parola; comincia a ricordare sua nipote che non si è sposata ma che era la piú bellina della famiglia, sua cugina che è morta schiacciata da un camion in un incidente sulla tangenziale di Napoli, la sua gatta che si era persa nel 1980, la notte del terremoto, poi il terremoto stesso, sua sorella Immacolata con cui non si parla da vent'anni, e ancora sua nipote, la piú bellina, che non si è sposata, e via dicendo, all'infinito. Un labirinto da cui è impossibile uscire. Smette di piangere solo quando ricomincia una nuova mano di burraco. Allora si resetta, come un orologio elettronico allo scattare della mezzanotte. *Zac*, una vita nuova di fronte a sé, com'è bello il futuro.

Il problema è che non sappiamo ancora niente delle contromosse di quei tre vermi rugosi, e da queste parti anche un paio d'ore possono fare la differenza. Si trama alla velocità della luce, non so se lo avete capito.

Ci raduniamo a uno dei tavoli, aspetto notizie dai servizi di spionaggio di Brio. Lo interrogo con gli occhi, lui si guarda intorno.

– Ho scoperto una cosa, Agile, – bisbiglia.

– Cosa? – abbasso la voce anch'io.

– Dove sono nascoste le famose armi di distruzione di massa di Saddam Hussein.

– Per favore, Brio, almeno tu non dire stronzate, fa' il serio ché qui rischiamo grosso per Roma con Findus.

– No, sono serio, stanotte mi ha chiamato Jamal, da Bassora, mi ha detto dove stanno.

– Chi è Jamal?

– Quel vecchio che era qui lo scorso autunno, ricordi? Quello con la barba lunga...

– Sinceramente no.

– Be', quello era un mujahiddin, siamo rimasti molto amici, ci sentiamo spesso al telefono.

– Brio, ti prego, su Findus niente?

– Scusami, pensavo potesse tornarci utile. Su Findus niente, purtroppo.

Findus, Findus. Maledetto pescatore, mi stai facendo diventare matto. Il punto è che o lo intercettiamo adesso o rischiamo che, una volta a Roma, ci rovini la festa. Che canti con le MM è improbabile, noi vecchi abbiamo un codice: chiunque abbia subìto almeno una colonscopia lo conosce, è la regola, non ci si tradisce così (se non avete provato una colonscopia non potete sapere di cosa sto parlando, è come un patto tra uomini d'onore). Ma la mente malata di quel decerebrato mi spaventa, farebbe di tutto pur di mandare a monte un mio piano; una volta ha finto di essere morto per catturare l'attenzione della Maione durante una mia visita di controllo. Quando vuole, anche lui sa essere decisivo. Potrebbe allertare la capitaneria di porto di Ostia e programmare uno sbarco a Roma con mezzi di terra, ne sono certo. Dobbiamo trovarlo e capire cos'ha in testa, possibilmente prima di subito. E abbiamo un'ultima mossa a nostra disposizione: fare irruzione nella sua camera e scoprire qualcosa.

Lo so a cosa state pensando, che è pericoloso, che qualcuno di noi potrebbe non tornare sulle sue gambe. Ma noi viviamo cosí, ogni giorno può essere l'ultimo. Questo significa essere vecchi: non temere le conseguenze. Ma crearle. E ora stiamo andando a crearne una bella grossa, mentre seguiamo tutti e quattro Dolores, la signora delle pulizie venezuelana che cambia gli asciugamani e rifornisce di pannoloni ogni stanza.

L'abbiamo cronometrata piú volte proprio in previsione di situazioni come questa, ci mette un minuto e quarantasei secondi netti per camera, è svelta, rigorosa, non sgarra mai di un istante. Dovremo farla sgarrare noi. Conosciamo la procedura, non dobbiamo neanche dircela, appena entra nella stanza di Capitan Findus noi siamo operativi, ci facciamo un cenno d'intesa, si va in scena. Io e Brio ci mettiamo ai due lati della porta, spiaccicati contro il muro come gechi. Rubirosa appare sull'uscio, si passa una mano tra i capelli, un gesto che farebbe umettare qualsiasi over sessanta, e Dolores si dà il caso rientri in pieno nella fascia.

– Hola señorita –. Cazzo, me lo scoperei anche io adesso.

Dolores è spiazzata, si volta, l'effluvio di pino silvestre corretto con il Jack Daniel's (è una ricetta segreta di Rubirosa, pare funzioni) dovrebbe invaderle le narici in quattro, tre, due…

– Hola señor… – bersaglio agganciato.

– Puedo preguntarle si quiere mirar conmigo este lindo paisaje por la ventana, aquí… nel corridoio? – e allarga un braccio come una coda di pavone. – Da qui es maravilloso.

– La verdad que tenía que trabajar... sa, la stanza, gli asciugamani... – Nella voce la sento cedere, la immagino combattere col suo imponente senso del dovere, ma è una sudamericana, e le sudamericane cedono sempre di fronte a un bell'uomo e all'offerta di un bel paesaggio.

– La verdad es que tienes que ir conmigo, hermosa criatura... – Occhei, sta mettendo giú il repertorio pesante, sa che non abbiamo tempo da perdere.

In cinque secondi Dolores è fuori, talmente rapita che nemmeno ci nota appiattiti contro il muro. Rubirosa la scorta verso l'altra parete del corridoio, dove ci sono le finestre e un mediocre panorama laziale, offuscato dall'inquinamento che in lontananza arriva da Roma. Ma è sufficiente per far partire il cronometro, qualche secondo lo abbiamo, non so se basterà, però intanto siamo dentro.

Senza dirci una parola ci fiondiamo uno a destra e l'altro a sinistra, io cerco sulla scrivania e sotto il letto, Brio nell'armadio e nel bagno. Non troviamo niente, ci guardiamo, capiamo subito: Findus ha un nascondiglio segreto da qualche parte, e noi ancora meno secondi di prima.

Guttalax fa il palo all'inizio del corridoio, in caso di arrivi sospetti ha pronto il segnale segreto, il verso del coyote. Altro che Necro, Gutta è il re dei pali.

Brio tira fuori dalla tasca della giacca un paio di occhiali con le lenti rosse, li infila. Dice solo: – Lascia fare a me –. Io lo lascio fare.

Dopo pochissimo se li toglie. – Sposta il comodino –. Eseguo e, attaccata dietro al mobile con dello scotch da imballaggio, trovo una busta da lettere gialla. Non so che diavoleria fossero quelle lenti, ma ha scovato il tesoro. Nel frattempo, sento Rubirosa che fatica a tenere incollata Dolores al finestrone. Strappo la busta da lí, me la caccio in una tasca, rimetto a posto il comodino. Brio mi aspetta

sulla porta, sta mettendo mano alla fionda, spero non ne avremo bisogno. Usciamo come schegge, lui va a destra, io a sinistra. Rubirosa ci nota con la coda dell'occhio.
– Hasta luego, señorita, tengo que ir, – le fa un baciamano leggero. – Comunque, non avrebbe potuto funzionare, – e va via, lasciando Dolores imbambolata nella sua scia di pino silvestre e whisky.

Passo accanto a Guttalax imboccando le scale, gli faccio l'occhiolino, lui sorride.
– Trovato qualcosa, vero? – quasi strilla.

Gli stringo il collo con un braccio: – Se urli solo un'altra volta ti faccio leccare il primo pappagallo che troviamo nei cessi.

Gutta smette di sorridere. Cazzo, per una volta.

Ci incontriamo nella stanza di Rubirosa nel pomeriggio, è l'adunata dopo le missioni, lo sappiamo tutti. Rubi è quello che cura di piú anche l'arredo: ha un letto a una piazza e mezzo con lenzuola di seta rosse, cuscini a forma di cuore, quadri con paesaggi di campagna che si vanta di aver dipinto anni addietro, un impianto dolby surround che gli ha procurato Embargo, con numerosi ciddí di Barry White già pronti per suonare. Fa parte del pacchetto Rubirosa per le fortunate, «negocios son negocios», come dice lui.

Tiro fuori la busta sotto gli occhi curiosi di tutti, Brio mi blocca un polso: – Piano, potrebbe esserci l'antrace.

Per un attimo rallento, poi strappo la parte superiore. Non c'è traccia di antrace. Un foglio di carta, bianco, piegato. Gutta, Rubi e Brio trattengono il fiato mentre lo apro con attenzione. Una sola scritta, al centro, con un pennarello rosso, «Agile, ti facevo piú furbo», e sotto due punti e ancora piú sotto una parentesi tonda all'insú. Resto interdetto, mi rigiro il foglio tra le mani per decifrare il significato in codice di quel geroglifico. Poi Brio me lo sfila di mano.

– È uno smile, un sorriso, – afferma serio.

– E che significa?

– Significa che ce lo hanno messo a quel posto, – Brio accartoccia il foglio e lo getta via. Ci hanno fregati. Quel Findus maledetto. Ora abbiamo un problema, grosso. Senza contare che non so ancora come dire ai tre moschettieri dell'esistenza di Flaminia (sí, non lo nego, sto pensando molto a lei, soltanto che non lo do a vedere). Flaminia, già. Che poi mica è facile andare lí, cinquant'anni dopo, e dirle qualcosa di sensato. L'ultima cosa sensata che ho detto a una donna risale sicuramente al secolo scorso.

Flaminia mi lasciò da un giorno all'altro, io venni trasferito poco dopo vicino casa, in Umbria, e da allora non l'ho mai piú vista né sentita. Perché allora non era come oggi, che si può sentire una persona chiamandola al cellulare o scrivendole con il computer, all'epoca se eri fortunato rimediavi una cabina telefonica e un numero fisso a cui rispondeva sempre un padre incazzoso. Se perdevi una persona non la potevi cercare su Internet, su Facebook (Brio ci ha tenuto molte lezioni su Facebook: dice che è uno strumento di spionaggio di prim'ordine, sa da fonti certe che dietro c'è la Cia; io invece ho capito solo che è un posto che serve ai giovani per scopare). Se la perdevi la perdevi, amen, c'erano svariate possibilità che quella persona morisse senza che tu ne sapessi nulla, o che finisse in Cambogia ad aprire un negozio di conciatura delle pelli.

Secondo voi, un ragazzino che oggi ha diciott'anni a settanta sarà vecchio? Si dimenticherà di prendere le pillole dopo cena? Cancellerà dalla memoria l'indirizzo di casa di qualcuno? Si troverà mai, come noi, a girovagare per interi isolati corrugando le sopracciglia e brandendo un foglietto di carta dove c'è scritta una via sbagliata? Ecco perché Brio si è abbonato a tutte le riviste informatiche possibili e immaginabili, non vuole farsi fottere, dice. Il trucco per morire alla fine della vita, e non prima, è stare al passo, sempre: se ti fermi anche solo un paio di minuti sei finito. Noi quattro abbiamo una regola ferrea: durante una missione, qualsiasi missione, se qualcuno rimane indietro, resta indietro. Si va avanti senza di lui. L'obiettivo è sempre piú importante del singolo, siamo una squadra, certe cose non ce le dimentichiamo anche se siamo vecchi. E non dimentichiamo nemmeno quei momenti talmente intensi che per cancellarli servirebbe qualcosa di ancora piú grande, ma spesso qualcosa di piú grande non c'è. Ho avuto altre donne (cosa credete?), un buon numero (cosa insinuate?), mi sono anche sposato, ho fatto un figlio, ma quegli occhi tristi, neri, all'ingiú, di Flaminia, io non me li sono mai dimenticati, erano troppo grandi, non entravano nel cambio di scena, e la scena non è mai cambiata.

Una vita è troppo breve per dimenticare tutto, e a volte è troppo lunga per fare cose nuove, allora finiamo per fare cose inutili, disperdere energie, credere di essere sulla strada giusta e invece ci servirebbe un Tuttocittà.

Ma mentre sono nel pieno del mio viaggio mentale, mi accorgo che quei tre si stanno scoraggiando, sono demotivati, Brio non ha ancora proposto di usare una cerbottana o avvelenare i quadrucci in brodo di Findus. È il momento di intervenire.

– Qual è sempre stato uno dei nostri punti forti? – Si voltano verso di me, ma non parlano. – Su, rispondete, rifiuti ambulanti, – (è per stimolarli, non che lo pensi, eh).

Guttalax alza la mano.

– Gutta.

– Il fatto che siamo anziani e la gente prova pena per noi?

– Pena? – Brio trema piú del solito, quando fa cosí è incazzato come un pinguino. – Chi prova pena per noi, che gli faccio saltare le cervella?

– Sí, le cervella, quelle che hai perso tu, – Rubirosa ridacchia con le braccia incrociate.

– Amico, cosa hai detto? – Brio si alza piano dalla sedia.

– Quello che hai sentito, hermano, – Rubirosa lo imita.

– Ma perché ogni volta che discutiamo di qualcosa dobbiamo finire a lottare nel cerchio della morte? – mi alzo anche io e mi metto tra di loro.

Guttalax scoppia a piangere. Quei due smettono di litigare e lo guardano, io mi chino su di lui: – Ma che fai, piangi? – Gutta aumenta i singhiozzi, si copre gli occhi con un braccio. Anche Rubi e Brio si avvicinano, gli appoggiano una mano sulla schiena.

– Ehi...

– Gutta...

– No, – Guttalax tira via il braccio, mostra un sorrisone.

– Era solo per dimostrarvi che facciamo pena alle persone perché siamo vecchi, ci facciamo pena persino tra noi.

E questo lo ricorderemo per sempre come il giorno in cui Giovanni Storani, detto Guttalax, scoprí l'astuzia.

– Signori, – batto tre volte le mani per recuperare la loro attenzione. – Ringraziamo Guttalax per il suo intervento, ma no, non era quello che intendevo. Uno dei nostri punti di forza è che non ci arrendiamo mai, che moriremmo piuttosto che arrenderci.

– Moriremo, Agile, una sola *m*, – ridacchia Rubirosa.

– Non userei il condizionale in questo caso.

– Non cominciare a fare il professore ora, Rubi. Quello che conta è che avete capito, siamo duri da fermare, Fin-

dus lo affronteremo colpo su colpo, a Roma. Se non possiamo scoprire il suo piano, semplicemente: lo annienteremo.
– Potremmo far brillare lui, per esempio, – questa voce la conoscete.
– Cosa mi avevi promesso, Brio?
Socchiude gli occhi.
– Benissimo. Gli altri, domande?
– Sí, io una, – Rubirosa si doma all'indietro i capelli.
– Non mi hai ancora detto porque sei cosí deciso ad assecondare il piano di Brio.

Si vede che quest'uomo ha fatto l'insegnante di Italiano in un liceo, sa fiutare a naso le domande a cui si vuole sfuggire con qualsiasi stratagemma. E adesso me ne servirebbe uno bello potente, di stratagemma. Mi guardo intorno: nessun corpo contundente con cui sfregiarlo. Poi suona una campanella, quella delle diciannove e cinque. È ora di cena.

– Nessun motivo in particolare, voglia di farmi un giro a Roma senza le MM, tutto qua.

Rubirosa sospetta che sto bluffando, lui entra nel cervello delle donne da decenni, figurarsi quanto impiega a entrare nel mio, che a confronto è una specie di baraccopoli disabitata. Ma ora non ha tempo di approfondire, si limita a squadrarmi.

– Uh, oggi è mercoledí, ci sono le stelline in brodo, – lo squittio catarroso di letizia è di Guttalax.

– Ieri era martedí e c'erano le rotelle, in brodo, – sono io, qualcuno doveva pur dirglielo.

– E domani è giovedí e, se non erro, risetti in brodo, – Brio si unisce.

– Davvero? – Guttalax sgrana gli occhi (ve l'ho detto, ci sorprendiamo per tutto). – Che bello, adoro i risetti in brodo!

Maledetto vecchio adulatore di brodo.

Nella sala da pranzo ci sediamo al solito tavolo in fondo, dopo quello degli Alzheimer e prima di quello delle siliconate. Al tavolo degli Alzheimer le scene tipo sono sempre le stesse: gente che fa una cucchiaiata di brodo in silenzio e l'istante dopo attacca a parlare di quella volta che ha stretto la mano a Bob Kennedy, oppure c'è chi abbandona le posate e si denuda asserendo di doversi fare un bagno nell'oceano Indiano prima di mangiare, ché dopo fa male. Per noi, ordinaria amministrazione. Il tavolo delle siliconate, invece, è quello piú ambito dal novantanove per cento degli ospiti maschili. Dico novantanove perché, stranamente, Rubirosa non le degna di uno sguardo. «Le vere donne invecchiano, proprio come una prugna lasciata fuori dal frigo», dice sempre. Oggi stanno mangiando verdure bollite con contorno di aria, il loro piatto preferito. Hanno corrotto il cuoco (Dio solo sa come) per non farsi servire il brodo: non possono ingerire sostanze troppo calde, altrimenti il silicone potrebbe sciogliersi e farle sgonfiare, o qualcosa del genere, mi ha spiegato Brio dopo aver letto un articolo su Focus. Tra loro c'è chi ha rifatto le tette proprio in occasione della settantina; a guardarle sembra di vedere cadaveri ai quali abbiano impiantato sul petto i fari di un Maggiolone, l'effetto è lo stesso, meno l'illuminazione.

Al nostro tavolo siamo soli, noi quattro, di fronte ai nostri piatti fumanti di stelline in brodo. Tra le coltri di vapore che salgono dalla pastina non scolliamo gli occhi dal tavolo di Findus e soci. Anche loro ci scrutano, tra una cucchiaiata e l'altra. Ogni tanto parlottano fitto, Uccello finge di ridere con la solita pantomima, quando fa cosí gli infilerei uno xilofono in gola, maledetto teatrante muto.

Proprio mentre stiamo masticando il brodo dalla rabbia, ci passa accanto Embargo, velocissimo lascia cadere un panino all'olio sul tavolo, Brio gli fa un cenno impercettibile con la testa, gli infila una banconota nella mano. Tutto in un paio di secondi.

Guttalax vede apparire il panino sul tavolo: – Uh, buono! Anche il pane, oggi, che bello, – e sta per afferrarlo quando Brio gli colpisce la mano con il cucchiaio.

– Ahia.

– Fermo, imbecille.

Suor Faustina da lontano nota il trambusto e per poco non si avvicina, poi qualcosa di sacrilego richiama la sua attenzione, qualcuno dal tavolo degli atei non si è fatto il segno della croce prima di sbucciare un mandarino.

Brio agguanta il panino e ne strappa un'estremità, ne caccia fuori un pizzino che, lesto, infila sotto il piatto.

– Ora te lo puoi mangiare, – e lancia quello che resta a Gutta, che tutto contento gli dà un morso.

– Notizie? – domando dopo una sorsata di stelline e una fugace occhiata a suor Faustina, che ha quasi finito l'opera di evangelizzazione.

– Vediamo… – non appena la Miserabile Monaca esce dalla sala da pranzo, Brio solleva il piatto e apre il foglio di carta, gli dà uno sguardo. È una frase composta da lettere ritagliate da giornali:

fIndaS ha iNcaricato Un vecchio di Roma di STARVi alLe costoLe, È unTipo Che non ScheRza, si chIama SPAValdi, un detective RognOSo. QuESto MessAggiO si AUTO DIstrugger À In 15 secondi.

- E chi diavolo è questo Spavaldi, ora? – Una stellina
mi va di traverso.
- Spavaldi, Spavaldi... – Rubirosa prova a fare mente
locale, ma il nome non sembra dirgli nulla.
Brio stringe il foglio tre le mani: – Aurelio Spavaldi,
settantadue anni, uno dei maggiori investigatori privati
di Roma, è proprio un cane rognoso.
- E tu che ne sai? – Rubirosa incuriosisce gli occhi.
- Lo assunsi per stare dietro a mia moglie, avevo un sospetto su di lei, trent'anni fa...
- E...? – domando.
- E dietro mia moglie ci è stato per davvero, – ci guarda, persino le mani sembrano smettere di tremare per la
serietà del momento. – Siamo tra gentiluomini, non devo
aggiungere altro, credo.
Noi annuiamo; se c'è una cosa che non si deve mai fare
è insistere con Brio quando chiude un discorso con «non
devo aggiungere altro». Potrebbe fare una carneficina in
mensa con la fionda, se io e Rubi volessimo toglierci solo
un altro dubbio.
- Bene, – cambiare discorso serve sempre. – E come ci
poniamo verso la faccenda?
- Che ingaggi pure chi gli pare, cabrón, – Rubirosa batte un pugno sul tavolo.
- Ci poniamo che è arrivato il momento di chiudere i
conti, – e non appena Brio finisce di pronunciare la frase,
il bigliettino che ha lasciato Embargo svanisce in una piccola vampata di fuoco, diventa cenere.
- Ma come diavolo fanno a farlo? – scatto all'indietro.
- Carta incendiante, roba da dilettanti, – Brio non si
scompone di una virgola.

Dopo cena, prima che le MM facciano la ronda notturna, ci ritroviamo in camera mia per discutere i dettagli del piano.

Brio ha disegnato una mappa del centro di Roma, segnando con una x rossa il luogo in cui il pullman dovrebbe scaricarci, nei pressi di piazza San Pietro, e con un'altra x, stavolta verde, la sede degli studi di Rete Maria, decisamente lontani, sulla Salaria, piú di dieci chilometri dal nostro punto di sbarco.

– Non è un problema, – la mano tremante di Brio si sposta da una x all'altra. – Il modo per arrivarci lo troviamo.

– Possiamo chiamare un taxi, – propone Guttalax.

– Già, un taxi –. È bello per una volta non doverlo sgridare.

– Scordatelo, – Brio ci guarda, togliendo appena gli occhi dalla mappa. – Spavaldi è piú furbo del diavolo, avrà già allertato tutti i tassisti di Roma con le nostre foto segnaletiche, dovremo muoverci come ombre, niente taxi, guardarci sempre le spalle.

– Certo, a Roma non credo troveremo luoghi affollati, durante la beatificazione del papa poi, voglio dire, chi volete ci sia… – Scusate, ma lo avevate pensato tutti, qualcuno doveva pur dirglielo.

– Ombre, Agile. Dovremo essere ombre.

Peccato che sulla mappa non c'è un'altra x con la casa di Flaminia (che poi nemmeno so dov'è), peccato soprattutto che non abbia ancora trovato il momento per vuotare il sacco. Forse ora è quello giusto, anche perché non credo avrò altre occasioni, prima della partenza. Prendo un respiro, apro la bocca, le labbra incollate si staccano piano: – Ragazzi, devo dirvi una cosa.

Si girano all'unisono, tre facce mi scrutano curiose, teste di tartarughe uscite dal guscio per vedere che si dice
fuori. Ingoio un po' di saliva.

– Niente, – mi alzo in piedi. – Spacchiamogli il culo a
Findus –. Tutti sorridono.

Anche io.

Sono uno stronzo, non cambierò mai.

## 5.

Prima di salire sul pullman che ci aspetta all'ingresso del cortile facciamo scalo nella stanza di Brio per prepararci. Non viaggiamo mai leggeri noi.

Guttalax fischietta sull'uscio, fa il palo, come sempre. Brio spalanca l'armadio, la giacca gli si apre un po' per lo spostamento d'aria, io e Rubirosa restiamo dietro di lui. Caccia fuori dal mobile una cartucciera piena di sfere di piombo bianche, su ognuna c'è scritto in rosso il nome di un santo (Brio è molto religioso, l'avete capito, padre Anselmo la dovrà pagare cara), se la lascia passare sotto le ascelle, la aggancia alle bretelle. Si volta verso di noi: il risultato è perfetto, con la giacca sopra non si vede niente, gli facciamo un piccolo applauso. Poi si tuffa di nuovo con la testa nell'armadio, tira fuori un bastone da passeggio, lo porge a Rubi.

– Guarda, – dice prima di mollarglielo, e con un movimento del polso spinge in avanti il bastone. Dall'estremità sbuca una punta d'acciaio: – Possiamo imbeverla anche nel cianuro, se vuoi, – strizza un occhio.

– Credo che cosí basti, – Rubirosa lo agguanta e rimette a posto la punta con un altro scatto in avanti. Fa roteare due, tre volte il bastone in aria prima di afferrarlo alla sua metà e rigirarselo di fronte agli occhi.

– Roba di qualità, – si rivolge a Brio.

– Io ho solo roba di qualità, – risponde quello, mentre torna a rovistare sul fondo segreto del suo armadio.

– Toh, questo è per te, – mi porge un mazzo di carte legate da un elastico giallo.

– Per il torneo di scopone? Come mai Rubi si è beccato il bastone spada e io un merdoso mazzo di carte?

– Perché Rubi è tipo da duello sul ponte di un veliero, tu piú da esplosivo.

– Esplosivo?

– Da' qua, – Brio si riprende il mazzo, sfila una carta a caso, il due di spade. – Sono carte da gioco esplosive, a contatto con una superficie solida scoppiano con un'intensità pari al numero che rappresentano.

– Quindi, fammi capire, il due di spade è un'esplosione da niente, mentre un dieci di bastoni fa sbriciolare un palazzo?

– Un palazzo no, ma una parete sí, – e lancia la carta. Una botta sorda riempie tutta la stanza, un fumo grigio, chiaro, si alza dal pavimento, in terra una chiazza nera grande come un piatto e tanta polvere.

– Visto? Vuoi un bastone spada o questo merdosissimo mazzo di carte?

– Fottuto maniaco esplosivo.

Prima di richiudere l'armadio, Brio stacca un santino dall'anta, gli dà un bacio e se lo infila nella tasca interna della giacca.

– A quale santo hai chiesto la protezione? – Rubirosa lo schernisce.

– San Brio da Saigon, – dice il maniaco esplosivo mentre ci sorpassa e va verso Guttalax, che continua a fischiettare guardando il corridoio deserto.

– Ottimo lavoro, amico, – e gli ficca una specie di scatoletta nera nel taschino.

– Uh, cos'è, un regalo per me?

– No, è una bomba potentissima al plastico collegata a

questo telecomando qui, – Brio gli mostra un aggeggino rosso con un bottone al centro, – che ha un raggio di frequenza di oltre seicento metri.

– E cioè?

– Cioè posso farti detonare da seicento metri di distanza solo premendo questo bottone qui.

Guttalax ride di gusto. Brio lo imita. Io e Rubirosa ci guardiamo terrorizzati.

– Brio, si era detto che nessuno faceva esplodere nessuno, ricordi? Gutta è compreso nel computo dei nessuno.

– Ovvio, nessuno vuole farlo esplodere.

– Ma gli hai appena messo una bomba al plastico nel taschino, por Dios! – Rubirosa alza la voce.

– Ma non ho detto che la useremo.

– Ma gliel'hai messa, intanto, – insisto io.

– Ma l'ho fatta scoppiare? – Brio sembra spazientito. – Ce l'avete sempre con me, ma qui nessuno è ancora scoppiato. Dimmi, Gutta, sei scoppiato?

– Direi di no.

– Ecco, vedete? – e dal corridoio aggiunge: – Ah, signori, le dentiere che avete in bocca sono dentiere esplosive, mi sono preso la briga di sostituirle alle vostre normali questa notte. Se doveste trovarvi in difficoltà sentitevi liberi di usarle. E fintanto che le avete in bocca fate attenzione a non sbattere troppo forte la faccia contro qualcosa, altrimenti facciamo tutti un ultimo tango a Parigi insieme.

Rubirosa mi interroga con gli occhi.

– Dici che arriverebbe a tanto? – gli chiedo io.

– Credo di no... Oddio, spero.

– Speri o credi?

– Agile, quello è pazzo.

Proprio mentre stiamo per scendere le scale, ci affianca Embargo, va dritto verso Brio. Gli dà una leggera gomitata: – Serve qualcosa di piú pesante? – e gli mostra una pistola monocolpo avvolta in un foglio di giornale.

– No, grazie, – Brio apre la giacca e gli lascia intravedere la fionda nella solita fondina ascellare. – Abbiamo un codice: vale tutto, tranne le armi da fuoco.

– Touché, – Embargo inforca le scale.

Lo seguiamo, il pullman ci attende nel cortile con il motore acceso.

Capitan Findus, Sciabola e Uccello ai suoi lati, è proprio accanto al portellone d'ingresso, sembra aspettarci. Ha il sorriso tipico dello stronzo vestito da marinaio che ha un piano segreto per mandare a puttane il tuo, di piano segreto.

– Fernandino, sei in ritardo, – mi fa, il mento all'insú.

– Non mi pare, – mi guardo intorno. – Il tuo funerale non è ancora cominciato.

A Uccello parte una protesi di risata. Findus lo gela con un buffetto sulla nuca.

– Non sapevo fosse l'ora del cabaret, Fernandino.

– Quante cose non sai, Findus –. Se mi chiama di nuovo cosí lo faccio abbracciare da Gutta e dico a Brio di premere il pulsante magico.

– Mi sembrate dei profughi albanesi, diobo'! – l'accento romagnolo di Sciabola, che piacere.

Findus ride. Uccello non si muove di un centimetro, il suo capo gli dà un altro schiaffo dietro la testa e quello attacca la solita recita da quattro soldi. Si tiene la pancia e, addirittura, picchia una mano aperta sulla gamba. Il massimo del divertimento.

– Questa fa proprio pena, – dico a quel vecchio tortellino, e rilancio: – Come voi –. Beccati questa.

– No, voi fate pena, – Findus fa un passo avanti.

– No no, vosotros, – Rubi gli si piazza di fronte.

Vedo con la coda dell'occhio Brio che mette mano all'interno della giacca. No, non adesso. Mi lancio nella mischia e faccio un po' di confusione, suor Demetrina abbocca subito all'amo e arriva a dividerci battendo le mani come una foca (monaca. Squallida, lo so: provate voi a fare sempre battute da paura a settantaquattro anni).

– Forza, voi quattro. Dentro, dentro!

Ce l'ha con noi. Brio molla il calcio della fionda ed entra nel pullman, Rubi e Gutta lo seguono, io spedisco un ultimo sguardo di sfida a quel capitano di vascello prima di fare come dice la MM. E non abbiamo ancora spostato il culo dal parcheggio di Villa delle Betulle, intendiamoci. Ci aspetta una carneficina, nella capitale.

Andiamo verso i posti in fondo, gli ultimi, quelli in fila: ci piace non avere nessuno alle spalle quando siamo in missione. Quando ci vedono tutti si azzittiscono di colpo, quelli che sono in piedi a sistemare le borse nelle cappelliere si siedono. Immaginate la scena al ralenti. Noi guardiamo tutti negli occhi passando. Siamo gladiatori, siamo leoni, abbiamo un nome da difendere. Gutta ogni tanto dispensa un sorriso e qualche stretta di mano.

– Vuoi firmare anche un autografo, già che ci siamo? – questo è Brio dietro di lui.

– Che bella idea! Hai una penna?

E poi vi chiedete perché gli facciamo sempre fare il palo?

Una volta seduti notiamo Findus e gli altri due sistemarsi tra le prime file, le MM hanno fiutato il pericolo di rissa a bordo. Meglio, almeno per un'ora e qualcosa ce li terremo fuori dalle palle.

– Una volta scesi a Roma, ricordate tutti quello che dobbiamo fare, vero? – Brio riporta subito alta la tensione.

– Certo, – io.

– Claro, – Rubirosa.

– Andare a rendere grazie a papa Wojtyła? – Guttalax.
– Perfetto, operazione *Papa Wojtyła* parte da... – Brio
fissa il suo vecchio Festina. – Ora.
Ogni piano è diviso per operazioni. La prima, questa
che Brio ha chiamato *Papa Wojtyła* (giusto per non allarmare Gutta), è molto semplice: creare il diversivo per
sfuggire agli occhi delle Miserabili Monache e tagliare la
corda. Show, un vecchio che negli anni Ottanta è stato
un famoso presentatore di varietà per un'emittente pu-
gliese, calamiterà l'attenzione su di sé fingendo di essere
posseduto dal demonio, o da un'altra entità; ha accettato di partecipare all'operazione solo in cambio di piena
libertà inventiva. Noi non abbiamo ritenuto opportuno
negoziare. E poi Show è un grande: oltre a sapere che
porterà a termine il suo lavoro, siamo certi che ci farà
sganasciare dalle risate come gibboni. Show è il migliore
in questo genere di cose.
Ma l'operazione PW (come la chiamo io da ora) non
finisce qui. Brio ha già provveduto a delinearla da Villa
delle Betulle, tramite collegamento telefonico con il ME
(Mondo Esterno, cioè il posto in cui vivete voi, lí fuori). Un suo vecchio amico di Roma è lo storico proprietario di un'agenzia di comparse per Cinecittà, si chiama
Athos Cipolla, e gli ha procurato quattro vecchi molto,
molto simili a noi (dietro spedizione via fax delle nostre
foto: Brio con un fax tra le mani è una scheggia), vestiti
come siamo vestiti noi oggi (che poi è come ci vestiamo
tutti i giorni, in pratica). Le MM non ci distinguono per
la totalità dei nostri tratti somatici, vanno a intuito con
quelli sommari; naso grosso, bocca sottile, con o senza
capelli. Potremmo mettere i nostri abiti su uno spaven-
tapasseri e lasciarlo nella sala di Villa delle Betulle: gli
servirebbero pranzo e cena vita natural durante. Insom-

ma: Show le distrae, noi prendiamo i quattro noi finti, li mettiamo al posto dei noi veri e, voilà, com'è bella la libertà. Poi, una volta completato il piano a Rete Maria, torniamo dalle MM e sostituiamo i noi quattro finti con i noi quattro veri.

Non appena il pullman muove le ruote dal selciato della casa di riposo, suor Gaudina, in piedi accanto all'autista, prende un microfono e ci illustra le tappe del nostro soggiorno a Roma. Tutta roba che a noi non interessa, allora stacco il cervello (quando sei vecchio staccare il cervello è facile come staccare una spina dalla presa, un attimo e sei altrove) e mi dedico all'unico pensiero che non sia legato alla guerriglia con Findus: Flaminia. Ho trovato un numero di telefono annotato su un foglietto ingiallito. «Flaminia Bocchi 3751187». Che faccia può avere, ora? La riconoscerei? Gli occhi non hanno rughe, e i suoi non posso non riconoscerli, di questo sono sicuro. Ma il resto? E se con gli anni è diventata brutta come una vecchia qualsiasi? Il rischio c'è, ma lei era troppo bella perché sia accaduto. Quando sei vecchio il corpo si suicida, devo farci i conti, senza troppe storie. Rubirosa lo sa, lui impazzisce per i corpi stagionati, dice che quell'alternarsi di morbido e duro, rughe e piaghe da decubito, gli dà una sensazione impareggiabile. Invece quando guarda una ragazza giovane, ma anche una donna sulla quarantina, si limita a un apprezzamento, poi cambia frequenza, «non si può mangiare un formaggio stagionato insieme a una fragola fresca», dice sempre.

Mentre imbocchiamo l'autostrada mi accorgo che Rubi e Gutta dormono, testa contro testa; Brio ha gli occhi spalancati, non si addormenterebbe mai con Findus in giro, lo conosco. Io guardo fuori dal finestrino e mi perdo nelle campagne laziali, il cielo è azzurro, c'è un bel sole, a volte penso proprio che è un peccato dover abbandonare questo spettacolo, sí, insomma, il mondo. Che fregatura, non si dovrebbe morire mai. Chiudo gli occhi e provo a dimenticarmi che ho finito le vite bonus, mi resta qualche respiro, un paio di incazzature, qualche sguardo duro con Capitan Findus. Sento che questo che ci aspetta è l'ultimo giro che facciamo tutti e quattro insieme. Non so, meglio dormirci sopra, prendo la boccetta di Minias e me ne sparo dieci gocce in gola, a secco, senza acqua.

Mi sveglio in un autogrill, non siamo ancora a Roma. Brio al mio fianco stringe in grembo una bottiglia di ammoniaca.

– Ma non bevevi solo chinotto, tu? – gli domando.

– Sí. Infatti non devo berla.

– Ma va'? – indico la bottiglia. – Andiamo a pulire qualche pavimento?

– No, l'ammoniaca unita allo iodio crea il nitruro di iodio, un potente esplosivo, – sussurra.

– E lo iodio non ce l'hai? – Brio sta diventando pericoloso.

– No, non lo vendevano qui, speriamo di trovarlo da un'altra parte.

Faccio un respiro profondo. Ma poi, che ci deve fare con tutti questi esplosivi? Dobbiamo occupare una rete televisiva durante una diretta, mica attaccare il Bosforo.

– Agile, – una voce alla mia sinistra. – Dimmi la verità, siamo morti?

Oh, mi ero dimenticato di Reincarnazione. Reincarnazione è un vecchio che crede di essere morto, o meglio: crede di essere appena morto, una volta ogni dieci minuti, per ogni cosa che succede, per un rumore, per una luce piú abbagliante. Adesso crede di essere morto perché il pullman prima camminava e ora non cammina piú.

– Siamo solo fermi a un dannato autogrill, Reinca, tranquillo, sei vivo.

– No, sono morto, Agile, puoi dirmelo.

– Sei vivo.

– Sono pronto, puoi dirmelo, davvero, ho accettato l'idea della morte, non mi fa piú paura.

– Davvero?

– Sí, davvero.

– Occhei, sei morto.

– Merdaaaa!!! – Reincarnazione sbatte le mani contro il finestrino. – Fatemi uscire, fatemi uscire!!!

– Fermo, idiota, fermo! – mi alzo anche io, lo rimetto seduto. – Sei vivo, malato di mente, sei vivo, purtroppo. Si ricompone. – Guarda che puoi dirmelo se sono morto...

– Ti uccido io se non stai zitto.

Far orinare una banda di quaranta vecchi non è un'operazione semplice dal punto di vista della tempistica. Considerate i problemi motori, quelli per la minzione in sé, quelli legati al senso dell'orientamento; ci sono certi che sono andati a pisciare in un autogrill e si sono ritrovati a capotavola con una famiglia slava, qualche giorno dopo. Quando sei vecchio è cosí, non sai mai a quale tavolo potrai sederti il giorno dopo, se vai a pisciare in un autogrill. E pensare che ora il dondolio di questo schifoso pullman mi fa venire il mal di stomaco. Non c'entra l'età, c'entra la noia. La noia di non poter scalare io la marcia, di conoscere a memoria i giri di questi mammut di lamiere, braccetti, ruote, bulloni, e non poter scegliere io il loro ritmo. Non ci ho ancora fatto l'abitudine e forse mai ce la farò. Lo stomaco è un organo dove non finisce il cibo, ma le incazzature. Rubi e Gutta dormono ancora, Brio mi fissa:

– Devi dirmi qualcosa, Agile?

Ha anche qualche dispositivo per leggere nella mente, questo beduino?

– No, Brio, cosa?

– Non lo so, dimmelo tu, – non stacca gli occhi dai miei.

– Proprio nulla. Sei agitato per il piano?

– Mi conosci, sai la risposta.

– Già, – e sposto gli occhi sul paesaggio.

Ha capito, lo so. Impegnandomi forse posso fottere Rubi, Guttalax non c'è nemmeno bisogno di fotterlo, ma Brio no. Lui è una specie di samurai, ti legge dentro.

– C'è un detto giapponese, – continua, anche se non lo guardo. – Quando uomo tiene segreto dentro e non dice a suoi tre amici, quell'uomo perde onore, prima di perdere vita in battaglia a Roma, – poi tace, si stringe al petto la bottiglia di ammoniaca.

Ve l'ho detto: samurai, legge nel pensiero. Io nel dubbio mi sparo un po' di Minias gocce, ciao mondo crudele.

6.

Quando riapro gli occhi vedo la cupola di San Pietro, lontana, i gabbiani ci volano intorno, disegnano dei cerchi. Fa caldo, piú che a Villa delle Betulle. Siamo fermi a un semaforo sul Lungotevere, i clacson bombardano l'aria, guardo dal finestrino: turisti ovunque. Di ogni etnia, ogni Paese, ogni lingua, forma, colore. Ma di una sola religione. Oggi beatificano quella brava persona di Giovanni Paolo II: stava simpatico pure a me, pensate, che odio qualsiasi pontificato, da Pietro in persona fino a venti minuti fa, cosí, per puro principio (io non prego nessuno se quello non prega prima me, è una mia regola, e mi sono sempre trovato benissimo). I marciapiedi sono invasi da bandiere di tutto il mondo; alcune sudamericane, altre asiatiche, altre forse aliene, chi può dirlo. Quello che so è che non ho mai visto niente di simile in vita mia.

Suor Gaudina annuncia al microfono che siamo a Roma e che, a brevissimo, traffico permettendo, il pullman ci lascerà scendere. Poi defluiremo in fila per due verso il punto di raccolta da cui partirà la nostra visita guidata nella Città del Vaticano. Certo, non vedo l'ora, dove si prendono i cappellini con la faccia del papa? Nessuno può mettere noi quattro in fila per due.

Brio è eccitato, sveglia Rubirosa e Guttalax, tra poco saremo attivi, serve la massima attenzione. L'operazione PW va iniziata e finita in sessanta secondi, non uno di piú. Dal sedile di fronte a me Regime ha il braccio teso in un saluto romano. Ogni volta che vede un ausiliare del traffico lo omaggia cosí. Regime è un vecchio fascista che non ha mai smesso di vivere nel Ventennio, se qualcuno gli domanda qualcosa lui dice: «Viva il Duce!» Per esempio, ora: – Regime, hai visto che bella giornata oggi? – io. E lui: – Viva il Duce! – Visto? Un altro cervello da donare alla scienza.

Il pullman rallenta poco dopo, i freni fischiano prima che le ruote si arrestino. Il portellone sbuffando si apre. Noi quattro ci lanciamo uno sguardo, uno solo. Durante le operazioni non si parla mai delle operazioni, si sa. Siamo gli ultimi a uscire. Brio per primo, io alla fine, nel mezzo Gutta e Rubi. Vorrei anche emozionarmi, sono anni che non torno a Roma, e adesso c'è anche Flaminia da ritrovare, ma non me lo posso permettere; io sono il collante tra la smania di Brio di produrre un'esplosione nucleare con l'ammoniaca e la realtà. Tocca tenere gli occhi aperti. Guttalax grida: – Che bello, non sono mai stato a Roma, – è felice. – Lo andiamo a vedere il Colosseo?

– Sí, coi leoni e tutto il resto –. Quasi ti penti di rispondergli male, quando dice: – Davvero ci sono i leoni? Belli, non ho mai visto nemmeno quelli.

Toccato l'asfalto di Roma, lo confesso, un po' di tensione comincia a salire. Le MM fanno la conta, partono proprio da noi, per segnalarci ci mettono una mano in testa, Brio si trattiene: nessuno può toccare il basco di Brio, nessuno. Poi, prende il telefono dalla tasca non appena la MM lo sorpassa, prontamente compone un numero. Fa solo uno squillo, chiude, nasconde il cellulare nella giacca. Da lontano li vedo, tutti e quattro, fanno capolino da dietro l'angolo, dove c'è un bar per americani smaniosi di pizza al taglio.

È pazzesco, sembriamo proprio noi. Un lavoro a regola d'arte, non c'è che dire. Si avvicinano, piano, sono stati istruiti bene, fanno il giro del pullman e si fermano proprio sul retro, pronti a sostituirci. In quel momento esatto Show ci guarda e caccia un urlo disumano. L'operazione PW entra nel vivo. Tutte e cinque le MM che ci accompagnano si girano di scatto. Show si è inginocchiato, si toglie la giacca e si slaccia la camicia, strilla ossessivamente di essere posseduto dal fantasma di Gianfranco Funari. Che grande, Show, gli riesce cosí bene che perfino Findus e i suoi due tirapiedi si distraggono, rapiti dalla recita. Guttalax ride come un pazzo, gli occhietti gli lacrimano. È il momento.

Rubi lo acchiappa per una manica e lo trascina verso il retro del pullman, io e Brio schizziamo via con loro. Per un istante ci troviamo faccia a faccia con i nostri sostituti. Il mio non mi assomiglia per niente, è brutto come un calcolo renale ed è molto, molto piú grasso. Sto per farlo presente alla truppa quando Brio li lancia in scena: – Mi raccomando, – e li indica uno per uno. – Tu sorridi sempre, tu fai apprezzamenti su ogni vecchia che incontri, tu incazzati con tutti e tu... – fissa il suo sosia. – Tu rendimi fiero di me, amico, – e gli sbatte sul petto una fionda dozzinale. – Usala come la userei io in caso di bisogno. E ricorda il tremore! – Poi li spinge via.

Ora rimane una sola cosa da fare: fuggire, il piú lontano possibile. Ci scagliamo in strada, attraversiamo senza curarci delle strisce, del semaforo rosso, siamo un branco di gnu impazziti, le macchine ci evitano facendo lo slalom, alcune strombazzano. Rubirosa continua a tenere Gutta per una manica della giacca, io e Brio con le mani aperte proviamo a fermare il traffico. Una vespa bianca per poco non ci mette sotto, frena a pochi centimetri dalle mie gambe.

– A vecchio de mmerda! Ma pijate 'na rumena p'at-traversa'!

Gli darei un cazzotto in bocca, poi vedo Gutta, Brio e Rubi dall'altra parte che mi aspettano e mi ricordo che niente è piú importante della missione. Mai. Nemmeno io. Raggiungo i miei compari sull'altro marciapiede. Il traffico riprende regolare, le MM non si sono accorte di niente. Ci dileguiamo nel primo vicolo utile, tra due palazzi antichi con l'intonaco rosso tutto crepato. Siamo salvi, ancora una volta. Operazione PW conclusa brillantemente senza nessuna perdita e nessun ferito. Ottimo lavoro.

Guttalax non ci ha capito nulla, gli spieghiamo che fa tutto parte della visita guidata e che presto vedremo anche il Colosseo. Lui non fa domande, si guarda intorno divertito.

Eccoci, siamo liberi. Liberi da Findus, che non si è accorto di niente. Liberi dalle Miserabili Monache, che è come respirare di nuovo. Ci prende una strana frenesia, cosí, all'improvviso. Iniziamo a sorridere tutti come Gutta, ci diamo pacche sulle schiene, salutiamo i bambini e le mamme con le carrozzine, che ricambiano, gli sguardi stracolmi di dolcezza. Poi mi rendo conto che sembriamo dei vecchi veri, di quelli che vedi al parco il sabato mattina coi nipoti, e capisco che è arrivato il momento di tornare in noi.

– Gente, – loro mi guardano, lo hanno già capito da soli. – Contegno.

– Agile ha ragione, – Brio si arpiona alle bretelle per darsi un tono. – Siamo in missione, stasera per le diciotto dobbiamo essere in diretta su Rete Maria, non abbiamo un minuto da perdere.

– E dopo saremo famosi, vero? – Rubirosa sporge il collo in avanti.

– Be', andremo in tivvú, – Brio non ha capito dove vuole andare a parare Rubi, ma io sí.

– Certo, tutte le vecchie d'Italia si metteranno in fila, tranquillo, – lo rincuoro.

– Andiamo in tivvú? – Guttalax è come i pesci rossi, dopo un tot di tempo dimentica tutte le nozioni apprese, non credo sia una malattia, credo sia per la felicità, perché è vero che quando uno è troppo felice finisce per rincoglionirsi.

– Sí, nel pubblico di *Domenica In.*

– Quindi ci sarà anche Pippo Baudo con la Parietti?

– Ovvio.

– E Raimondo Vianello?

– Certo, anche Corrado, Johnny Dorelli e il mago Zurlí.

– La Carrà? – Rubi mi strizza un occhio; se la sposerebbe la Carrà, lo so, è il prototipo della sua donna ideale. So per certo che si fa le pippe con i «Tv Sorrisi e Canzoni». Vecchio maniaco segaiolo.

Brio fa finta di non sentirci: – Dobbiamo pensare a come arrivare fin laggiú. Avete proposte?

Io sí: trovare Flaminia. Non possiamo allontanarci dal centro di Roma. Se vive ancora qui, di sicuro non si è trasferita sulla Salaria, in culo al mondo, vicino agli studi di un'emittente televisiva cristiana. Occuperà un castello nel cuore della città, un feudo, una colonia, qualcosa di simile. I Bocchi potrebbero aver comprato il Pantheon per farne una dépendance. Ci vuole un'idea al volo per restare qui, in zona, temporeggiare insomma, fino a che non mi viene una vera idea, grande, per dire a questi tre della vicenda e riuscire a trovare Flaminia in tempo per non far saltare il piano di Brio. Occhei che sono uno stronzo ma questo no, non lo farei mai. Si è detto che padre Anselmo da Procida sarà sollevato dal rosario delle diciotto e, cascasse la

Terra, lo solleveremo dal rosario delle diciotto. Poi, *zac*, l'idea giusta. Non ci penso su due volte, prendo aria dai polmoni e dico: – Una, io, – alzo pure la mano, che bravo scolaretto che sono.

– Dilla, – Brio trema dalla curiosità.

– Ho il numero di telefono di un vecchio amico di Roma... be', lui noleggia auto, aveva l'agenzia proprio in centro... magari ci può dare una mano, no?

– Chi ha la patente ancora valida? – giustamente, Rubi vorrebbe rispettare la legge.

– In culo la patente, – Brio ci ricorda che siamo pirati.

– Piuttosto: chi è ancora in grado di guidare una macchina? E qui l'hanno sparata grossa, dovrebbero saperlo. Io posso guidare *ancora* qualsiasi mezzo di trasporto, velivoli e sottomarini militari compresi.

– Signori, sono il vostro uomo.

– Ah, tu eri un autista di autobus, verdad.

Stanno abboccando. Se adesso ci crede anche Brio è fatta.

Stringe gli occhietti polverosi, ci ragiona su, sono certo che nella sua mente terroristica sta analizzando tutte le possibili variabili dettate da scontri a fuoco, attacchi dal cielo e sbarco di truppe speciali. Poi fa sí con la testa:

– Buona idea.

Mi tiro fuori dalla tasca il bigliettino col numero di telefono di Flaminia, me lo rigiro tra le dita.

– Mi serve un telefono, io non ho credito, quando provo a usarlo risponde sempre la guardia di finanza.

Brio prontamente mi passa il suo. – Metti cancelletto ventotto asterisco, prima di chiamare.

– Perché? – chiedo.

– È il codice per non far intercettare la chiamata, l'ho letto su un sito di hacker.

Non so nemmeno cosa sia un hacker, ma non indago, mi sudano persino i gomiti per la tensione a comporre questo numero. Ma ormai ci siamo. L'amore, eh, che cosa idiota. Ci ficca in situazioni nelle quali non consiglieremmo mai a nessuno di finire, eppure in quel momento ci sembrano l'unica cosa sensata da fare, quella piú giusta, la piú elementare. Compreso chiamare a casa di una donna che ti ha spezzato il cuore cinquant'anni fa. Roba che solo i serial killer e quelli che vivono in case piene di gatti o che accumulano giornali vecchi, immondizie e via dicendo. Ecco cosa fa l'amore: ti mette in disordine dentro. Pure che sei vecchio, vaffanculo. E io che pensavo di aver ammazzato la mia carica di emotività sposandomi e dormendo per trentasette anni con la stessa donna. Invece.

Ho il cellulare tra le mani e non vedo l'ora di chiamare Vittorio, un vecchio amico con cui giocavo a pallone a Narni, da ragazzo, chissà come se la passa. Faccio per digitare sulla tastiera e no, non dovevo chiamare Vittorio (ma poi chi cazzo è 'sto Vittorio?) Dovevo chiamare un'altra persona. Flaminia, certo, lei. Avvicino il cellulare agli occhi, lo allontano (non vedo una mazza, cari) e faccio il numero del foglietto.

Ingoio tutta la saliva che non ho. Mi tampono la fronte, sento molto caldo, accanto mi sfrecciano pellegrini, le bandiere bianche e gialle del Vaticano. Con la scusa di un gruppetto di fedeli dell'Est che intona canzoni gioiose proprio vicino a noi, mi allontano di qualche metro, ne bastano un paio. Quando fingi di chiamare una persona che non stai chiamando, l'importante è restare rilassati, come se niente fosse. È una cosa che ho imp…

Merda. Suona.

Una volta. Due. Tre. Un suono profondo, solenne. *Tuuu.*

*Tuuuuuuuu. Tuuuuuuuuuuu.* Ogni volta mi pare piú lungo. Poi, a un certo punto, una voce. Squillante. Femminile.
– Plonto, sííí?
– Pronto? – Ma poi perché si dice «pronto», al telefono? Mah.
– Sí, plonto! Chi palla?
Deve essere un'asiatica, una cinese, una giapponese. Una filippina. Sí, cazzo, una filippina, sarà una domestica, forse ci ho preso.
– Salve, buongiorno, cercavo la signora Flaminia Bocchi, – mi mantengo vago, non dico chi sono, perché chiamo, non chiedo se quella è effettivamente casa Bocchi, insomma: faccio capire che so il fatto mio.
– Casa Bocchi, sííí, plonto?
Proviamo a rilanciare, è una lotta di nervi, con gli orientali finisce sempre cosí.
– Cercavo la signora Flaminia, è in casa?
– Signola pallucchiele, signola fuoli pallucchiele! – strilla la tipa.
– Dov'è la signora? Scusi, non si sente benissimo.
– Pallucchiele, tu sóldo? Chiamàle pomeliggio!
Ah, sí: parrucchiere. Capito. Mi illumino. È casa di Flaminia, dunque Flaminia è ancora qui e, soprattutto, Flaminia è ancora viva. Perfetto. Ora devo solo capire l'indirizzo, e non sarà facile, l'asiatica è un osso duro.
I miei compari mi fissano, Rubi in realtà fissa un gruppo di tedesche piú bianche del latte con vene varicose blu sui polpaccioni, sembrano le autostrade principali di una cartina Michelin. Ma Brio non mi toglie gli occhi di dosso, non ho molto tempo prima che si avvicini.
– Bene, grazie, mi saprebbe dare il suo indirizzo? Ho un pacco molto importante da consegnarle oggi.
– Oggi solo pomeliggio! Pomeliggio!

– Sí sí, di pomeriggio, mi serve solo l'indirizzo.

– Viale Lobelto Locciglioni tlecentotle! Pomeliggio, pe-
lò, signola pallucchiele!

Viale Lobelto Locciglioni tlecentotle, perfetto: lo anno-
to nel mio bloc-notes immaginario degli indirizzi del cazzo.
Sto per chiedere delucidazioni quando quella riaggancia di
colpo. *Clic.* Brio mi raggiunge proprio in quel momento.

– Be'? – Sospetta, lo so, è un samurai.

– Ho un indirizzo ma non ho capito bene, la linea era
disturbata.

– Ma ci dà o no una macchina?

– Ha detto di passare da lui, qualcosa ci rimedia –. Con
l'amore di mezzo bluffo male, ho anche io i miei punti de-
boli. – E poi è un amico, stai tranquillo.

– Io non sto mai tranquillo, mi conosci abbastanza da
saperlo, – si allontana.

Ci rimettiamo tutti e quattro in cerchio, spiego la situazione, loro mi ascoltano. Dobbiamo andare lí, conclu-
do. E dove, mi chiedono loro. Riapro il mio bloc-notes
immaginario degli indirizzi del cazzo. Lobelto Locciglioni tlecentotle.

– ¿Y dónde está esta calle, por Dios? – Rubirosa, il solito ispanodrammatico.

– Non lo so, dov'è.

– Se è lí che dobbiamo andare, – Brio mi guarda strano,
tra poco mi collegherà a una macchina della verità, me lo
sento, – è lí che andremo. Pensiamo a farci dare qualche
indicazione, muoviamoci, ché siamo fermi già da troppo.

Catturati, sono miei. Sí, un pochino mi sento in colpa
ad averli presi per il culo, ma che devo fare? Voglio solo
andare da Flaminia e dirle quello che penso. Sono sicuro che, se lo avessi candidamente ammesso a Brio, quel
pazzo me lo avrebbe proibito, forse mi avrebbe anche le-

gato, perché mischiavo i sentimenti con la missione, una cosa che mai e poi mai deve succedere, nel suo codice di guerriglia. Voglio rivederla, una volta, dieci minuti, venti, mezz'oretta al massimo. Magari ha anche qualche amica per loro, Rubirosa ne sarebbe felicissimo, e a Brio e Guttalax non farebbe male un po' di svago. E poi Rubi ha pillole azzurre per tutti, ne sono sicuro, ne avrà portata una tonnellata. Ecco: non sto facendo qualcosa di egoistico al cento per cento, lo faccio anche per loro, sono un misto tra un santo e un pappone, tra qualche anno beatificheranno me, sant'Agile da Narni Scalo, e Roma sarà invasa da pellegrini di ogni colore che osannano il mio nome. Sí, sarà cosí, ma ora pensiamo al presente, dobbiamo trovare viale Roberto Rocciglioni numero trecentotre.

## 7

Vi svelo un segreto. Quando si è vecchi, durante una missione, le informazioni si chiedono ai vecchi. I vecchi che chiedono le cose ai giovani hanno già perso in partenza, perché tra vecchi funziona cosí, è un fatto di orgoglio, di appartenenza, le missioni ce le gestiamo tra noi. Ed è per questo che abbiamo appena notato un bar in fondo alla strada, *Circolo Ovest* c'è scritto sull'insegna: fuori ci sono due vecchi che giocano a carte. È il segnale che quello è un posto gestito da vecchi. Non ci avete mai pensato: ma credete davvero che i vecchi che giocano a carte siano impegnati in una vera partita? E quanto durerebbe una partita di carte? Nove ore? Quando sei vecchio non hai la voglia nemmeno di dormire, per nove ore, figuriamoci il resto.

Ci incamminiamo verso il circolo, serriamo i ranghi, mi rivolgo ai miei compagni: – Parlo io, mi raccomando, – e guardo soprattutto Brio. – Intesi, vecchio pazzo? Niente scherzi –. Non sai mai in che circolo puoi finire. Ci sono leggende di vecchi entrati in circoli che non conoscevano e mai piú usciti, incatenati nei sotterranei, vicino ai listini dei gelati non piú in produzione e ai flipper distrutti.

Proprio sotto l'insegna i due vecchi messi a vedetta interrompono la loro finta partita. Fiutano qualcosa, d'altronde sono vedette, è il loro lavoro.

– Bella giornata, vero? – fa uno.

– Di merda, caldo umido, Roma è inquinata, i romani sono dei burini, le strade sono sporche da far schifo, è una vergogna che il sindaco non interv…

– Potete entrare, – dice l'altro, e con un cenno della testa indica l'ingresso.

Una tendina fatta da tentacoli di plastica che arrivano fino a terra nasconde l'interno. Quasi nessun circolo vuole che da fuori si veda quello che c'è dentro, per questo ai tavolini siedono le sentinelle, per avvisare chi è dentro che arriva qualcuno sospetto. Entro io per primo, scosto la tendina, afferro un fascio di fili di plastica e lascio passare anche gli altri. C'è poca luce e un odore di mobile antico, un po' di chiuso e un po' di minestrone. Sí, insomma, quello che il Mondo Esterno chiama odore dei vecchi. Un tavolo da biliardo senza palle sopra, né stecche intorno, è al centro dello stanzone. Tanti tavolini a cui sono seduti pochi vecchi. Chi fuma, chi gioca a carte, chi guarda la tivvú sintonizzata su una televendita di orologi (noi vecchi amiamo gli orologi, fateci caso, anche se non li guardiamo spesso, ci ricordano che il tempo non è piú davanti, ormai, ma dietro). Ci dirigiamo verso il bancone del bar, c'è un tale che asciuga un bicchiere, ci squadra per bene mentre ci avviciniamo.

– Salute, stranieri.

– A te, oste, – mi accomodo su uno sgabello alto. Brio, Gutta e Rubi si sistemano ai miei lati.

– Che bevete? – Sentiamo dei passi far scricchiolare il pavimento in legno. Siamo circondati, non dobbiamo nemmeno voltarci per saperlo.

– Io prendo un Amaro del Capo, – stringo gli occhi, sono un duro. – Con molto ghiaccio, – aggiungo.

Brio e Rubirosa alzano una mano. – Fanne tre, – poi guardo Guttalax.

– Io una tisana ai mirtilli, se c'è –. I passi alle nostre spalle diventano risate. Guttalax, Guttalax.

– Non c'è, qui abbiamo solo roba forte, – gli risponde l'oste, un vecchio senza capelli al centro della testa con un lungo codino bianco a penzolargli su una spalla.

– Allora, vediamo, – Gutta si porta un indice alla bocca. – Tè verde?

– Prendiamo quattro amari, amico, – mi intrometto, batto una mano sul bancone appiccicaticcio.

– E sia, quattro amari, – l'oste prende quattro bicchierini, li riempie di ghiaccio, li sistema in fila, afferra la bottiglia, la stappa, ce la passa velocemente sopra senza mai alzarla. – Alla salute, cowboy, – se ne versa un quinto per sé, lo alza, se lo spara in gola. Lo imitiamo.

– Alla vostra, – dico io, e tracanniamo giú. Solo Guttalax fa un piccolo sorso. Poi sputa a terra tossendo disperazione.

– Ma è alcolico?!

Le risate di prima si moltiplicano. Qualcuno le interrompe.

– Cosa volete? – è una voce roca, imponente. Deve essere quella di chi comanda questo posto. Mi giro, piano, meglio non fare mosse inconsulte, Brio si apre un po' la giacca, Rubi arpiona il bastone. Manca poco e si scatena una carneficina, devo essere un funambolo sulla corda. Chirurgico.

– Veniamo in pace, ci serve solo un'informazione, – e metto le mani in vista. – Ma... con chi ho il piacere di parlare?

Di fronte a me ci sono una ventina di vecchi, sbucati fuori da chissà dove (noi vecchi siamo piú dei cinesi), in testa: l'uomo che ci ha parlato. – Mi chiamano Cavallo, – si aggiusta la giacca, sotto ha una camicia jeans con una cravatta texana, di quelle sottili, a chiudergli il colletto. Ai piedi, stivaloni neri tutti impolverati, in testa un cappello bianco da cowboy. – Mi chiamano cosí perché una volta avevo un cavallo, – e spedisce una sputacchiata sul pavimento dopo aver tirato su dalla gola.

Uau, che storia originale, un cavallo, ma pensa te. Non l'avrei mai detto, fottuto psicopatico malato di film western. Tutti quelli dietro di lui sono vestiti come cowboy o qualcosa del genere. C'è anche chi ha un lazo arrotolato intorno a una spalla, chi una spiga infilata nella dentiera, c'è persino uno con una stella appuntata sul petto.

– E lasciami indovinare, – indico proprio quello. – Lui è lo sceriffo?

– Sei sveglio, gringo.

– E le vacche dove le avete lasciate? – mi alzo in piedi, i miei amici mi seguono. Nei momenti prima di una rissa ci capiamo al volo.

– Hai coraggio a venire nel mio ranch e parlarmi cosí: mi piace, – arresta con un cenno la truppa di vecchiacci che ci stava già per fare la festa. – Hai detto che ti serviva un'informazione, giusto?

– Già.

– Che tipo d'informazione?

– Dobbiamo andare in un posto, abbiamo l'indirizzo ma non sappiamo dov'è, tutto qui, – faccio una voce gentile, piú che altro perché noi siamo quattro, e loro cinque volte noi.

– Interessante… – Cavallo si gratta la barba ispida che gli puntella il viso scavato dalla vecchiaia, e dalla fatica per gli indiani che perseguitava, suppongo.

– Viale Rocciglioni trecentotre. Sapete dov'è?

– Potremmo, ma da queste parti niente è gratis, – ride, e con lui tutti gli altri. Certo che nel vecchio West ci si diverte con poco.

– Quanto volete? – la domanda giusta è: quanto abbiamo? Io sí e no trenta euro, Guttalax non maneggia soldi

dal '79, Rubirosa spende troppo in Viagra, e Brio prefe-
rirebbe far saltare in aria tutti usando la bomba che ha
Gutta nel taschino piuttosto che sganciare anche un solo
euro a chiunque, figurarsi alla brutta copia di John Wayne.
– Soldi? Naaa, – Cavallo allarga le braccia. – Noi qui abbiamo tutto. Ricchezza, bestiame, un bel saloon, donne… –
e indica alla sua sinistra una vecchietta bassina, con un davanzale rugoso strizzato in un abito rosa e bianco, pieno
di merletti, rubato di sicuro a qualche compagnia teatra-
le marchigiana. La vecchia si chiama Evita (no, nessuna
reale somiglianza, se ve lo steste chiedendo), ha i capelli
pittati di biondo platino che sembrano illuminare lo stanzone e un trucco un filino volgare spalmato sulla faccia,
evidentemente, da un pennello per imbiancare le pareti.
Ci ammicca, si passa la lingua sulle labbra sottili inondate
dal rossetto. Rubirosa mi dà una gomitata: – Agile, mi sta
spogliando con gli occhi.

– È strabica, Rubi, sta guardando di certo qualcos'altro.

– No no, fissa proprio me, sta' a vedere… – le spedisce
un torbido occhiolino, lei si alza sulle punte dalla felicità. Cristo santo. Fortuna che Cavallo è impegnato nel suo
monologo da proprietario terriero e non si rende conto di
niente, suppongo che Evita sia la sua donna, se si accor-
gesse di tutto questo finiremmo marchiati come vitelli.
Faccio capire a Rubirosa che non è piú il tempo delle me-
le. Lui la smette, per il momento.

– E allora cosa volete? – taglio corto io.

– Quello che ci rende uomini, – fa lui.

– I nostri piselli?

– No, una sfida, – incrocia le braccia. – All'ultimo respiro.

– Noi siamo contro la violenza, ci dispiace, – sono convinto che Brio sta pensando di ammazzarsi per potersi ri-
voltare nella tomba, dopo avermi sentito dire questo. Si

limita a guardarmi. Lo so, lo so, vecchio amico, ma lasciami lavorare.
– Violenza? Chi ha parlato di violenza?
– Non lo so, è che il mondo è crudele, l'ho interpretata cosí, – tra poco do il via libera a Brio e gli faccio staccare la testa di questo deficiente vestito da carnevale. Mi irrita quasi piú di Capitan Findus, che nella top ten delle cose irritanti è il campione assoluto.
– Scopone scientifico. Due contro due. Si arriva ai ventuno, come sempre.
– Ma sei scemo? – Non ci posso credere.

Dieci minuti dopo io e Rubi (il duo ufficiale a scopone, siamo davvero forti) siamo seduti l'uno di fronte all'altro, ai nostri fianchi Cavallo ed Evita. Guttalax e Brio sono al tavolino accanto, ci guardano, insieme agli altri vecchiacci.

Poco prima di cominciare la partita, Guttalax fa una domanda semplicissima: – Ma non possiamo chiedere dove si trova questa strada a qualcun altro?

Bravo Gutta, le idee geniali ti vengono sempre dopo che siamo finiti nel cerchio della morte a fronteggiare qualcuno a scopone scientifico. Lo ignoro. Cavallo comincia a dare le carte, parte la sfida.

La prima mano è un delirio, quei due bastardi fanno di tutto: primiera, carte a lungo, settebello, denari e due scope. Noi, una scopa e sei calci in culo. Il fatto è che potremmo anche chiedere l'informazione al prossimo vecchietto che incontriamo, magari un tipo mansueto con un giornale sottobraccio, ma dopo non riusciremmo piú a guardarci in faccia. Noi quattro non siamo mai scappati di fronte a niente e, indovinate un po'?, l'abbiamo sempre sfangata. Non saranno dei cowboy con l'arteriosclerosi a farci girare i tacchi a testa bassa, proprio no.

Con la seconda mano ci riprendiamo; io e Rubi iniziamo a giocare sul serio, gli facciamo una *Las Vegas*, che è la nostra strategia di attesa: teniamo in mano le carte migliori, per poi spazzare nel finale con una rapida combinazione di lanci in terra e pigliate, a ripetizione. Andiamo in pareggio. La terza mano è combattuta, comincia a far caldo anche dentro, il ronzio di fondo aumenta, nessuno deve aver tenuto testa a questi due per cosí tanto tempo. Mancano pochi punti per assegnare la partita, l'ultima mano sarà decisiva. Le carte le diamo noi, cominciamo a giocare bene ma la sfiga ci perseguita, andiamo sotto con un paio di scope a sfavore. A poche carte dalla fine, Cavallo non sta piú nella pelle, non vede l'ora di impiccarci nella piazza principale alla presenza del sindaco e del maniscalco.

Poi, succede qualcosa. Qualcosa addirittura meglio della *Las Vegas*. Rubi comincia a flirtare da dietro le carte con Evita, i loro sguardi si inseguono, posso vederli dirsi porcherie col pensiero. Cavallo passa il tempo a spizzare le carte che ha in mano e a fissare quelle sul tavolo, aspetta la nostra prossima mossa falsa per chiudere il discorso e darci l'estrema unzione. Ma quando tutto sembra perduto, Evita mette a terra il settebello. Cavallo s'imbizzarrisce, quasi smascella. Rubirosa con un gesto di una grazia infinita copre il sette d'oro sul tavolo con un altro sette, di spade, preso direttamente dal suo mazzo. Settebello. Gioco, partita, incontro. Vinciamo ventuno a venti, è un tripudio. Cavallo se la prende con Evita, che pare non ascoltarlo nemmeno, ha occhi solo per Rubi. Lui, chiaro, ricambia.

Dopo la meritata gioia e l'applauso di tutto il circolo (sono sportivi questi cowboy, chi lo avrebbe mai detto?), Cavallo mi tende una mano, ha sbollito la rabbia, siamo tra gentiluomini di un tempo, dopo tutto.

– Complimenti, bel colpo.

– Grazie, Cavallo, – gliela stringo.

– Diteci dove dovete andare, vi aiuteremo.

E pensare che ero sempre stato dalla parte degli indiani.

Cavallo e i suoi *gauchos* ci disegnano una mappa, ci spiegano come arrivare a questa fantomatica agenzia di noleggio auto, di cui non hanno mai sentito parlare e, vista la zona a cui corrisponde l'indirizzo, Prati, gli pare anche piuttosto strana l'ubicazione. Brio ha subito rizzato le antenne, mi ha lanciato il solito sguardo radar, io ho glissato. Come glisso io, signori, pochissimi. Sono un temporeggiatore, un rimandatore, un fuggitivo della risposta, l'artista della vaghezza. La destinazione non è lontanissima, una mezz'ora di cammino. Insomma, il difficile è fatto. A quest'ora Findus dovrebbe già essersi accorto della nostra fuga, avrà di sicuro allertato Spavaldi, quel detective infame, e come minimo Spavaldi avrà allertato i caschi blu. La caccia è aperta, lo sentiamo nell'aria, l'odore epico della battaglia, quella sensazione di poter dire addio al mondo da un momento all'altro. Ma che volete capire voi, siete ancora giovani.

Ci incamminiamo solo dopo aver salutato i nuovi amici del *Circolo Ovest*. Prima di andare via, Cavallo mi afferra un braccio e mi dice a bassa voce, tutto serio: – Quando avrai bisogno di me, io ci sarò –. Il Cavallo che sussurrava agli uomini. – Non sto scherzando, gringo, – aggiunge.

Gli schiocco un finto colpo di pistola con l'indice e il pollice. Lo saluto sparendo all'orizzonte, proprio come nel suo stile.

## 8.

Dopo esserci riposati una mezz'ora su una panchina all'ombra di un palazzone, ci rimettiamo in marcia. Per essere la fine di aprile fa piuttosto caldo, i pellegrini del Nordeuropa boccheggiano. Sono abituati alla pioggia pure a Ferragosto, da quelle parti. Ricordate i telegiornali quando dicono che noi vecchi non dobbiamo stare esposti alla calura nelle ore in cui il sole picchia di piú? Be', è una cazzata. Noi vecchi siamo piú resistenti, abbiamo meno liquidi nel corpo, meno sangue, la pelle piú consumata, quindi meno sensibile. Sono mie considerazioni, chiaro, empiriche: dei medici ce ne sbattiamo, li consideriamo un accanimento terapeutico contro il nostro hobby dell'invecchiamento. I telegiornali comandano le masse e le masse non sono fatte di vecchi, i vecchi vogliono tagliarli fuori, non siamo consumatori utili, non acquistiamo nient'altro che frutta e medicinali. Non vestiti, apparecchi elettronici, pacchetti vacanze. Siamo quella fascia d'età che interessa meno alle grandi aziende, quindi ai grandi capi di chi finanzia l'informazione. Fatevene una ragione, credete solo a quello a cui volete credere. Non alla verità, che è un'altra storia.

Proprio mentre elaboro queste considerazioni che meriterebbero il Nobel per la vecchiaia, mi accorgo che sto camminando da solo. Quei tre sono rimasti qualche metro indietro, imbambolati di fronte a un'inferriata, una parete di nastro arancione tutto bucherellato l'avvolge come un'edera. Li raggiungo. Lavori in corso. Magnifici, radicati, lavori in corso. Stanno scavando il tunnel per la metropolitana. C'è un ottimo sistema di carrucole, gli operai hanno persino i guanti e i caschetti: una goduria per gli occhi. – Signori... – sussurro io. – Dovremmo... dovremmo andare...

– Hai... ragione, Agile, – Rubi resta aggrappato all'acciaio sottile della gabbia che delimita i lavori.

– Sí... coraggio... – tiro Brio per la giacca, ma la presa mi scivola, piano. – Dobbiamo proprio andar... ma cazzo, oggi c'è anche l'ingegnere presente! Guardate lí, il geometra, il capomastro, ci sono proprio tutti! E come si consultano...

– Ma chissà quando, e se, li finiranno, – Rubirosa pare pessimista.

– Che collaborazione, che squadra, – Guttalax no, mi cinge le spalle con un braccio, è emozionato, stavolta lo lascio fare, è un grande momento per tutti noi.

Restiamo lí qualche altro minuto, fermi, immotivatamente scollegati da tutto, dai problemi delle pensioni tagliate, dai nostri numerosi nemici sparsi per la superficie della capitale, dalle MM e tutto il resto che ci aspetta a Villa delle Betulle. Io mi dimentico anche di Flaminia, lí, sotto il sole di una bella primavera, con gente ovunque, che parla lingue sconosciute, che ride, che compra bottigliette d'acqua. Noi siamo lí. Fermi. A fare quello che ci riesce meglio: resistere. Perché è quello per cui siamo ancora al mondo. Resistere e fare in modo che, guardandoci, il mondo capisca che deve andare avanti, invecchiare, ma non morire mai.

Riusciamo a liberarci solo dopo un po', pure noi abbiamo le nostre debolezze, anche se siamo guerrieri. Guardo la mappa, dovrebbe essere chiaro: superare la piazza e percorrere questa strada che ci hanno disegnato in rosso, poi un altro po' di stradine a zig-zag e siamo arrivati. Facile. Meno facile sarà far passare per un autonoleggio il posto in cui stiamo andando. Certo, sempre che Flaminia Bocchi non ne abbia aperto uno, in questi anni, e ci viva dentro. Potrebbe essere, no? Magari ho una botta di culo.

Roma è sempre la stessa signora annoiata, un po' scassatella ma ancora attraente, che ti seduce e non te la dà. Una di quelle che sogni per tutta la vita e quando finalmente ti dànno un bacio è solo per un istante, e poi si allontanano, spariscono. Quando facevo il militare, qui le cose erano piuttosto diverse, ma la luce, il modo che ha di filtrare tra le fronde degli alberi del Lungotevere, soprattutto in primavera, è rimasto lo stesso. E anche oggi avete ascoltato: *Agile, poesie al telefono*.

Basta cazzate, devo ritrovare Flaminia, meglio che conservi tutto questo sentimento per lei.

Mentre siamo in marcia a una velocità di crociera di un chilometro all'ora, un ragazzo richiama la mia attenzione. È seduto sulla sella di un motorino giallo tappezzato di adesivi, indossa una tuta acetata, una maglietta a maniche corte piena di scritte giapponesi. È alto, muscoloso, porta occhiali da sole che gli coprono tutta la faccia, fino all'attaccatura dei capelli, sparati all'insú come se avesse preso la corrente elettrica. Schiocca le dita, mi fischia.

– Bella ci'.

– Prego?

– C'hai 'na ciospa?

– Prego? – sarò pure ripetitivo, ma non comprendo.

– 'Na svapora, – lui non si scompone, ha una voce gutturale, sembra grugnisca.

– Non ti ho capito proprio, giovane.

– Ci', come te devo di', 'na zanna…

Questo sta prendendo per il culo, mi sa. O è straniero?

Gutta e Rubi mi guardano basiti, Brio mi mette una mano sul petto, mi chiede di farmi da parte.

– Fermi tutti. Parlo la sua lingua.

Gli si avvicina, cauto, come ci si avvicinerebbe a un puma nel mezzo della savana. Tira fuori dalla giacca una sigaretta, la mostra all'organismo unicellulare con la cresta opponibile. Lui sembra apprezzare, la afferra, la annusa, poi se la infila tra le labbra.

– Grazie, ci'.

– Prego, fra', – Brio unisce le mani, china la testa, poi torna verso di noi.

– Be'? – questo sono io che non ho capito un cazzo.

– Cosa? – questo è lui, Brio, che non tradisce emozioni.

– Come hai fatto a intendere che voleva una sigaretta? Io credevo parlasse in latino al contrario.

– I giovani sono cosí, non devi mai tentare di capirli, – si mette una mano a visiera sugli occhi, sembra guardare la lunga strada che abbiamo ancora da percorrere. – Devi interpretarli, – e comincia a camminare tutto tremolante.

– I prodromi dell'ictus, vero? – faccio a Rubirosa e Guttalax, che lo fissano andare via.

– Puede ser, – Rubi si stringe nelle spalle, lo segue.

Guttalax spara uno dei suoi sorrisi da pace nel mondo e si allontana con loro.

Resto solo per un attimo, li vedo barcollare tutti e tre l'uno accanto all'altro. Siamo fuori posto, noi, in questa città incasinata, dove ci sono piú clacson che esseri umani. Anche cromaticamente non c'entriamo nulla. Quando sei vecchio prendi un alone grigiastro, puoi anche andare nelle balere e metterti i papillon a pois, i maglioni fucsia, ma non c'è proprio un cazzo da fare. L'alone grigiastro te lo becchi lo stesso, ti ci devi rassegnare. Eppure in questo luogo dove la gente lavora, si impegna, si prende e si lascia, è come se fosse necessaria anche la nostra tonalità per completare il quadro, quel tocco di matita, in sottofondo, per bilanciare i colori. Sto sparando stronzate, non datemi retta.

Accelero il passo, li raggiungo, quasi mi dispiace sul serio che li sto prendendo per il culo. Ma sistemerò tutto dopo aver parlato con Flaminia, lo giuro, dovessi rimetterci l'altro rene e pisciare per il resto della vita con una cannuccia infilata nella schiena.

Nel percorso fino a casa di Flaminia, Rubirosa ha provato a rimorchiarsi, rigorosamente in spagnolo, ogni polacca di cent'anni respirante. Con una ha anche cominciato a chiacchierare, ma non chiedetemi cosa si sono detti, lei parlava polacco, lui nel suo castigliano bastardo. Si sono stampati un bacio di un paio di minuti e poi abbiamo ripreso il cammino. Brio è stranamente silenzioso, ogni tanto si guarda intorno, so a cosa pensa, ci penso anche io. Findus, Sciabola, Uccello. E Spavaldi. Ci stanno incollati alle chiappe, è ovvio, non siamo nati ieri (nemmeno l'altro ieri, né l'altro ieri ancora). Siamo le prede ed è stagione di caccia, ci tocca stare in guardia, pronti in qualsiasi momento a uno scontro. Non possiamo fidarci di nessuno. Nessun taxi, nessuna metropolitana (siamo certi che ci cercano anche lí dentro). Nessun autobus. Quelli non voglio usarli io, loro tre lo sanno, non insistono. Dopo la pensione gli autobus che ho preso si contano sulle dita di una mano. E non mi va nemmeno troppo di spiegare il perché, certe cose sono cosí e basta, punto.

Quando arriviamo su viale Roberto Rocciglioni il cuore attacca a battermi davvero. È una strana sensazione, nuova. Prima era fermo, forse da anni. Brio ha già capito, lo percepisco. Rubirosa è il primo che apre bocca: – Ma qui vedo solo case, – spalanca una mano a ventaglio. – Bellissime, case.

In effetti non ci sono attività commerciali lí intorno. Provo a guadagnare tempo: – Ci saranno gli uffici in qualche bel palazzo, l'officina con le auto sarà da un'altra parte, – ma ormai la frittata è fatta, li ho trascinati fin qui, sarebbe ora di confessare.

– Sarà, – Brio non mi guarda. Io non guardo lui.

Dopo pochi metri siamo al trecentotre, mi sporgo sul citofono, quattro cognomi. In alto, accanto a un bel pulsantone placcato d'oro zecchino: «Bocchi». Ci siamo. Il palazzo è enorme, ha un atrio con un giardino che pare un pezzo di Foresta Amazzonica, lo si intravede dalle inferriate: palme, liane, mi pare di sentire anche qualche tigre ruggire. Flaminia deve aver mantenuto la casa del padre, un appartamento gigantesco in cui mi ritrovai una sola volta per un ricevimento. Era talmente grande che mi persi per andare a fare la pipí.

Questa è la parte del piano alla quale non avevo pensato: che faccio? Calcolo rapidamente gli scenari possibili mentre mi fingo indaffarato a cercare il tasto giusto, ma non ne intravedo nessuno che possa salvarmi dalla furia dei miei compari. Poi, una voce di donna alle mie spalle.

– Scusi, chi cerca?

Dài, avete capito tutti chi è, non solo io.

Mi volto. Sapete quei momenti in cui siete indecisi tra essere felici o spaventati? Ecco: io che vedo Flaminia Bocchi mezzo secolo dopo. Non dico nulla, stiro un sorriso che nel ME nessuno interpreterebbe come sorriso, piuttosto come un'emiparesi facciale. Una gonna alle ginocchia, nera, una camicia bianca piena di merletti, un filo di perle al collo, rugosamente elegante, i capelli, bianchi, alzati nel solito coso sulla testa (chignon non lo dirò mai e poi mai, è piú forte di me, finitela!) Flaminia è sempre la stessa. Lo avevo previsto che i suoi occhi tristi, all'ingiú, li avrei riconosciuti subito, no? E infatti. È strano, perché c'è la credenza popolare che i vecchi non si ricordino mai un cazzo. Invece, quando sei vecchio ricordi tutto, di quando eri giovane. Perché noi facciamo cosí: cataloghiamo automaticamente i pensieri positivi e li mettiamo a portata di mano. E sono quasi tutti legati alla giovinezza. Anche perché: che cazzo ti vuoi ricordare di bello della vecchiaia? È una forma di legittima difesa cerebrale, altroché.

– Mi sente? Signore?

Ti sento, ti sento. Che non si vede che ti sento? Non lo vedi quanto sono rincoglionito e non perché sono effettivamente un rincoglionito di settantaquattro anni? Sei una donna, Flaminia, certe cose dovresti averle imparate, con l'età. Io ti potrei parlare e dire un sacco di cose, uno in cinquant'anni ne accumula tante che poi sembrano troppe e nel dubbio sta zitto, come me ora, se dovessi parlare direi qualcosa di molto simile a un: – Sí, la sento, scusi.

Ecco, non era meglio se mi stavo zitto?

– E chi cerca? Posso aiutarla io, – si avvicina.

– Cercavo Flaminia Bocchi... – mi esce la cosa piú scema possibile: la verità.

Brio ha un sussulto, Rubirosa anche, Guttalax lo sapete già.

– Sono io, – fa lei, un'ombra di qualcosa negli occhi, quell'ombra che ci prende quando siamo sopraffatti dal pensiero.

– Lo so, – chino lo sguardo.

Flaminia comincia a prezzarmi incuriosita, si abbassa un po' gli occhiali: – Ma ci conosciamo? – Dài, chiedi aiuto al pubblico da casa. Niente. Non devo essere stato importante come speravo.

– Be', sono Dino, Flaminia... Dino Agile.

Flaminia Bocchi si paralizza. Un infarto non è, di solito ci si contorce dal dolore o si crolla dritti al suolo come un albero abbattuto. Altre patologie non sento di escluderle, ma non ha mostrato sintomi finora, forse qualche morbo dal nome improponibile, non so. Resto in attesa, lei continua a guardarmi. Non si ricorda, sicuro.

– Il soldato?

– Sí! Cioè, non piú, sono in pensione, poi ho fatto l'autista di autobus, te l'avevo detto che mio zio aveva presentato la domanda al comune di Perugia per...

– Dino Agile il soldato? Ma che, davvero? Il mio ex fidanzato?

Oh. Si ricorda, invece. – Lui.

– Come sei invecchiato, – si mette una mano sulla bocca.

'Sta stronza. E che si credeva, che ero rimasto a diciannove anni? Cosí, per opera dello Spirito Santo? Una mutazione genetica?

– Ringiovanito era difficile.

– E che ci fai qui? – la domanda da un milione di dollari.

– Già, che ci fai qui? – tutti muoiono dalla voglia di farmi vincere il milione. Questo è Brio: se un po' lo conosco, mi giustizierebbe sul posto con la fionda.

Lo so benissimo cosa ci faccio io, a Roma, di fronte a una mia fidanzata della fanciullezza, mezzo secolo dopo.

– Mi ero perso insieme ai miei amici, – li indico. – Cercavamo l'ambasciata spagnola, l'indirizzo era questo, e ora, *puff*, trovo te! – Passabile, sí, come cazzata.

– L'ambasciata spagnola? Ma qui non c'è nessuna ambasciata spagnola, Dino. E poi, scusami, perché tu cercheresti l'ambasciata spagnola? – Flaminia inclina un po' la testa, un cane che non capisce la lingua del padrone.

– Be'... – da giovane le balle mi uscivano a una velocità maggiore, ma anche ora me la cavo benino. – Perché uno

dei miei amici è spagnolo e ha perso la carta d'identità, lui
è di Siviglia. Vero, Rubi? – segue attimo di silenzio in cui
fisso Rubirosa con gli occhi del cucciolo di anziano.

Rubirosa è un uomo di mondo, ci mette un istante: – En-
cantado, señora, mucho gusto, – e le prende dolcemente una
mano, gliela sfiora con le labbra carnose.

Flaminia ridacchia. – Signorina. Comunque, piacere mio.

Signorina, bingo! Brio assiste alla scena guardando un po'
me e un po' Rubi, ora innesca la bomba di Guttalax, manca
pochissimo e ci fa saltare in aria.

– Rubi sta per? – domanda Flaminia.

– Rubirosa, señorita, es mi ehm… cognomes –. Non sa
come si dice cognome in spagnolo, razza di cialtrone. Fortuna che Flaminia in Spagna ci sarà finita solo scendendo da
una crociera extralusso a Barcellona per un paio di giorni.

– E di nome?

Rubi la fissa, la mano sempre stretta nella sua. Nino non
è proprio un nome spagnoleggiante, considerando che viene
pure da Pasquale. Fortuna che quell'arrapato cronico è anche
un grande attore. Se la cava con un: – Carlos. Carlos Rubirosa de Torrelodones, una vieja casada nobiliar de Sevilla –.
Qualche parola in piú dovrebbe averla presa, a 'sto giro.

– Oh, un nobile, – Flaminia sospira. – Anche io ho
origini nobiliari. Flaminia Bocchi di Rocca Ariosa, per la
precisione.

Falsa. Com'è falso quel titolo. I Bocchi sono originari
di Ostia, me lo disse il padre semi sbronzo a quel famoso
rinfresco. Oltre a comprarsi mezza Roma si saranno comprati anche il titolo nobiliare.

– Bene, lo spagnolo te l'ho presentato, ora mancano gli
altri due. Lui è Gutt… – mi blocco, non ho fatto i calco-
li col ME, qui non siamo a Villa delle Betulle, e siamo in
missione segreta. – Guttiero. Sí, Guttiero.

– Nome insolito, anche lui straniero? – fa Flaminia porgendogli la mano.

Guttalax ricambia, sorride e non risponde. Addestrato come un pesce rosso, che orgoglio.

– No no, italianissimo, parla poco, è un po' timido. E lui... – *tadaaan*, le introduco Brio allargando il braccio. – È Brizio. Da Fabrizio, chiaramente, ma noi lo chiamiamo cosí, ogni tanto un soprannome per divertirci ce lo concediamo, – ridacchio e spero che Brio non la secchi con un colpo di qualcosa in mezzo agli occhi.

– Onorata.

Brio gira la testa verso di me. Non ha un'espressione incazzata. E cosí mi fa sentire pure peggio; s'incazzasse, per lo meno, saprei cosa provare. Ha solo lo sguardo di un vecchio tradito, di un vecchio che voleva combattere la sua battaglia e gliel'hanno impedito. Vorrei spiegargli tutta la storia ma ora non è il momento, persino lui lo sa. In missione, perché questa è di fatto una nuova missione, non si può mai far saltare una copertura. Il gruppo viene sempre prima di tutto, ce lo ha insegnato lui.

– L'onore è mio, – le agguanta la mano e gliela frulla per bene. – Scusi, sa, il Parkinson...

– Non si preoccupi, non lo dica nemmeno.

Tiro un sospiro di sollievo.

– E che fate di bello a Roma, Dino, tu e i tuoi amici? – Flaminia è curiosa. Buono, no? Quando una donna è curiosa significa che qualcosa dentro le bolle. Vecchio Agile, hai colpito ancora.

– Siamo in vacanza, un week-end fuori ogni tanto ci vuole.

– Avete fatto benissimo! Che cosa incredibile, rivederti, e poi con questa coincidenza bislacca! Ma, ditemi... avete programmi per la serata?

– Sí, purtroppo sí, – questo è Brio.

– No, decisamente no, – questo, io.

Flaminia si stringe la borsetta al petto. – Sí o no? Perché, qualora foste liberi, proprio questa sera do una festa con tanti vecchi amici a casa mia, proprio qui, sarebbe stupendo se veniste.

– Una festa? – Dio, prendi nota, ho deciso di convertirmi alla tua religione, qualunque essa sia.

– Sí, una bella festa per il compleanno di Sandruccio. E poi sarebbe un'ottima occasione per farci quattro chiacchiere, io e te! Voglio sapere tutto della tua vita, Dino... – mi prende il mento con due dita. – Che cosa incredibile. Non vi dico che ho un'erezione, mentirei, e per oggi ho già mentito troppo. Ma quasi. L'intenzione da quelle parti c'è.

– Sí sí sí, siamo liberi, liberissimi, veniamo volentieri, – cinguetto. – Per che ora?

Sento Brio sbuffare. È il segno della resa.

– Per le ventuno. Si cena, si danza, ci saranno un monte di sorprese, – ride, Flaminia, portandosi una mano alla bocca.

– Perfetto, ci saremo, ora sappiamo anche la strada, – stavolta rido io. Rubirosa e Guttalax mi seguono a ruota. Brio no, se ne sta barricato nella giacca con le mani dietro la schiena, piantato sul marciapiede come un palo della luce.

– Benissimo, a questa sera, allora.

Poi, succede una cosa. Flaminia mi supera con lo sguardo e alza una mano, come per salutare qualcuno.

– Sandruccio! Sono qui, vieni che ti presento una persona!

Ah, Sandruccio, oggi è il suo compleanno. Ma chi cazzo è Sandruccio? Mi volto, vedo un signore alto, magro, i capelli bianchi pettinati in un'ordinata riga laterale. Niente a che vedere con i miei superstiti spettinati e unticci, tirati tutti da una parte con lo sputo. Ha una giacca tra il blu e il verde, quel colore di giacca che portano solo i vecchi

che in vita sono stati qualcosa di importante, o i croupier.
Ci viene incontro, cammina piano, zoppica un po', deve
avere qualche annetto piú di me, me ne accorgo quando è
a pochi centimetri dalla mia faccia e mi saluta, chinando
appena il capo. Sorride. Guttalax si illumina, ricambia, si
sente chiamato in causa.

– È lui il Sandruccio di cui parlavo prima, il festeggiato... – Flaminia lo tira a sé, gli stampa un bacio su una
guancia. – Ma facciamo per bene le presentazioni. Generale Alessandro De Michelis, ex ufficiale dell'aeronautica
militare. Ho detto bene, Sandruccio?

Generale dell'aeronautica militare? Ma allora è un in-
cubo. Ma allora è già segnato il mio destino? Le forze del
male contro cui devo lottare sono le alte cariche della difesa
dello Stato? Non bastava l'ammiraglio Findus? E potevate
dirmelo: magari invece di portare gli autobus mi mettevo
a fare il terrorista. Era meglio.

– Ah, l'aeronautica militare... Però! – A Brio scappa una
risatina, la camuffa con un colpo di tosse, gli viene pure
benissimo. Maledetto vecchio alleato col nemico.

– Chiamatemi solo Sandruccio, – il generale è cordia-
le, persino ossequioso. Verrebbe quasi voglia di scioglier-
lo nell'acido muriatico. In poche battute conquista subito
Rubirosa, regalandogli qualche perla di spagnolo, dice che
è stato distaccato a Madrid per sei mesi, qualche decen-
nio fa. Davvero? Io per un anno ho lavorato anche nelle Marche, ma non lo vengo a sbattere in faccia al primo
che incontro. Patetica vecchia cinciallegra vanitosa. Brio
comincia a chiacchierarci, scoprono una passione comune per Tony Dallara, che addirittura erano a uno stesso
concerto, nel '61. Guttalax lo avrebbe conquistato anche
se fosse stato il capo dell'esercito del male venuto per distruggere la Terra, quindi non fa testo.

Per piú di dieci minuti devo sorbirmi il *Sandruccio Show*, in cui tutti vanno d'amore e d'accordo e il mondo è un posto pieno di arcobaleni. A un certo punto Flaminia si dichiara in ritardo per i preparativi, ci saluta e porta con sé l'anima della festa.

– E auguri ancora! – Brio si alza sulle punte per salutarlo un'ultima volta, prima che sparisca nella tromba delle scale a braccetto con la mia donna.

– A stasera! – pigolano in coro i due innamorati.

Ci ritroviamo da soli, finalmente. E per quanto so che adesso dovrò prendermi la sfuriata di Brio, non riesco a smettere di essere incazzato per Sandruccio. Ma come, ritrovo la donna della mia vita e la becco tutta culo e camicia con quel fessacchiotto insipido? Che avrà pure volato per tutti i cieli del mondo, ma si vede lontano un miglio che è un coglione. E stasera c'è anche la festa del suo compleanno. Urge piano di annientamento.

– Dovremmo fargli un regalo, – Guttalax ne interrompe l'elaborazione.

– Cosa?

– Un regalo, per Sandruccio, che brav'uomo.

– Agile, – Brio, è il suo turno. – Tu lo sai già. Qual è il vero e unico comandamento?

– Sai che lo so.

– Devi dirlo a voce alta, ora.

– Non si devono mischiare i sentimenti con le missioni.

– Mai.

– Mai, hai ragione, – mi guardo la punta logora delle scarpe. Brio adesso mi dirà che dobbiamo fare retromarcia. E avrà anche ragione, il bastardo.

– Tu hai fatto esattamente l'opposto. E non solo non ce l'hai detto, ma hai messo a repentaglio l'esito di tutta l'operazione, – comincia a camminare avanti e indietro, le mani sempre giunte dietro la schiena. – Ora le cose stanno cosí, bene. La bravura di una squadra è quella di sapersi adattare al corso degli eventi e alla fine arrivare comunque all'obiettivo.

Gutta e Rubi assentono. Io anche, poi lo guardo: – Quindi ora si va a Rete Maria e addio alla festa, giusto?

Brio si ferma: – Questo lo dici tu. Io ho parlato di adattarsi al corso degli eventi.

– Cosa? – Non ci credo, ma questo è Brio? Lo stesso Brio che, normalmente, mi avrebbe sezionato il cuore con un cavatappi per una stronzata fuori programma del genere?

– E quindi? – gli domando.

– E quindi noi stasera veniamo a questa festa del cazzo, vestiti di tutto punto, e vediamo di mettere fuori gioco Sandruccio e darti del tempo con la tua Flaminia.

– Dici sul serio?

– Agile, quante domande vuoi ancora farmi prima di tornare operativo? – Ha ragione, l'incredulità è un lusso per chi ha tempo da perdere e noi siamo sul filo di lana, da sempre. – A una sola condizione però, per il bene della squadra. Devo sapere da dove esce fuori questa Flaminia.

È giusto, Brio è un perfezionista, deve sapere tutto per portare a termine la missione senza troppi rischi. Gli spiego. Gli spiego i miei diciannove anni, cos'era lei per me, cosa è ora. Cosa potrebbe ancora essere. Lui ascolta in silenzio, Rubirosa e Guttalax uguale.

– Bel casino, – ne deduce Brio alla fine.

– Già, – concordo, mesto.

– No, non per noi. Dico per Sandruccio –. Eccolo, il vecchio schizzato tremante che ricordavo e che ho imparato ad amare.

– Mai piú una cazzata, però. Promettimelo.

– Te lo prometto.

– Sul serio.

– Sul serio.

– Se cominciamo a tradirci anche tra di noi siamo per-
duti, Agile. Siamo amici, no? – Brio sa ammazzare anche
con la lingua.

Maledetto vecchio oratore.

## 9.

Decidiamo che l'assalto a Rete Maria è rimandato di un giorno, il rosario delle diciotto lo trasmettono anche la domenica. Anzi, per questa domenica è prevista una puntata speciale con in studio persino padre Luciano da Matera, conosciuto nell'ambiente come il virtuosista del padrenostro, un prete molto giovane (e molto piacente) che pare stia spopolando su Internet, da quanto dice Brio. Che però non lo sopporta per via dei capelli lunghi e il tatuaggio della Vergine di Castel Sapido sull'avambraccio destro. È pomeriggio, il sole è sceso un po'. Abbiamo un paio d'ore per andare a comprarci qualcosa di decente per la festa, non possiamo certo presentarci cosí, sembriamo quattro vecchi appena scappati dalla gita di una casa di riposo. E non è il caso.

Chiediamo informazioni a un barbiere novantenne completamente sordo, che ci indirizza verso una strada piena di negozi: qualcosa di buono ne tireremo fuori. Il problema è che i prezzi basta guardarli dalle vetrine per capire che sono fuori dalla nostra portata. Abbiamo speso i pochi soldi che avevamo per far provare a Guttalax l'amatriciana a ora di pranzo; diceva che non l'aveva mai mangiata in vita sua, ci ha fatto gli occhioni dolci e ci ha fregato ancora una volta. Potremmo anche rubarli, i vestiti, non è che non ci pensiamo, è solo che un abito devi vedere come ti calza, la piega dei pantaloni, come cade la giacca. Siamo vecchi, occhei, ma non siamo gente senza gusto. Quando ci vestiamo come ci vestiamo è solo perché siamo abituati al nulla monumentale delle nostre vite, ma ci teniamo a far bella figura. Fateci caso: avete mai visto un vecchio per strada con dei pantaloni non stirati, una camicia fuori dalla cintura, un paio di scarpe luride? Mentre fissiamo una vetrina dove una camicia costa quanto una nostra pensione mensile, ci affianca un barbone vecchio, sull'ottantina. Ha una barba lunga, bianca, macchiata di giallo, capelli lunghissimi, sempre bianchi, macchiati, ma di altre tinte, dal marrone al nero.

– Volete risultare sciccosi? Volete ampliare gli orizzonti dei canoni estetici nelle ore successive al tramonto per voi e le vostre manifestazioni? – ci chiede, mentre fruga nella sua busta di plastica. Non so se parli cosí perché è molto colto o molto ubriaco.

– Prego? – faccio io.

– Dico a livello di avventure, situazioni. Soprattutto, situazioni.

– Situazioni? In che senso? – Sarà pure folle, ma voglio vedere dove vuole andare a parare.

– Situazioni per le feste, per le avventure istituzionali, talvolta anche di bella presenza, vestiti, rinfreschi, tutto molto bene, bello.

– Ma lei come si chiama? – proviamo a cominciare dalle cose base, forse è solo un po' confuso.

– Montepulciano. In vita facevo il sommelier, un tempo lontano da ora. Ora faccio quello che non vuole fare nessuno.

– E sarebbe?

– Illustro situazioni, cose belle, cose meno, tempo libero.

Mi è davvero simpatico. Ha quell'alone mistico tra un santone e un venditore di auto usate. Anche se tutti quelli che ci passano accanto lo guardano malissimo e cambiano marciapiede, si vede che è un illuminato, lo si capisce da come maneggia la roba nella busta di plastica che si porta dietro. Non ho capito cosa voglia dirci, ma noi conosciamo bene la sensazione di essere evitati, e allora, quasi per dispetto verso il mondo, continuiamo a parlare con lui sempre piú fitto.

Montepulciano è molto affabile, sereno, ha un tono di voce rilassante. Chissà perché è finito cosí. Dice che può risolverci il problema dei vestiti, se lo desideriamo. Noi ci consultiamo un istante, nessuno ha obiezioni, neanche Brio. Accettiamo la proposta senza pensarci troppo. Quando uno ha un istinto, deve obbedirgli. E il nostro ci sta dicendo di fidarci di questo tipo.

– Allora porgetemi la vostra continuazione, vi porto in un posto segreto, non lo conosce nessuno perché nessuno per strada guarda mai in alto, al cielo, guardano tutti avanti –. Il barbone filosofo.

Lo seguiamo, ci fa strada. Un po' sta zitto e un po' parla, ogni tanto simula una telefonata lasciando partire un sonoro *dríín* dalla bocca, poi si porta il pollice all'orecchio e il mignolo alle labbra e comincia a parlare, a volte si allontana un po', mette l'altra mano a conca sulla bocca per non farci sentire.

– Ma che avrà da dirsi di cosí segreto, secondo voi? – questo è Guttalax, che muore dalla curiosità. – Mi fa impazzire che non ci vuole far sentire! Mi fa impazzire!

Nell'ultima telefonata gli ho sentito dire, testuale: – So che sta partorendo ma non toccate nulla, sto con degli amici ora ma giungo subito, immantinente –. Non chiedetemi perché, ma mi fido di lui al cento per cento.

Arriviamo in un vicolo, c'è meno gente, quasi nessun chierichetto, né groupie del papa a sventolare i loro reg-

gipetti. Ci indica il cielo, Montepulciano. Noi guardiamo
il punto esatto verso cui spedisce il suo indice zozzissimo.
Ma niente, non realizziamo. – Signor Montepulciano, cosa sta indicando? – Brio
prova a chiarire la vicenda, ma una cosa sola ho capito
finora di Montepulciano: lui fa quello che gli dice la testa. Bisogna stargli dietro, non fargli domande. Allora
mi metto d'impegno, provo a decifrare quello strano gesto. Poi ci arrivo.
   – Guardate lassú, a sinistra, il balcone dove sono appesi
quei cosi rossi e gialli, – faccio agli altri.
   Monte smette di indicare e riparte verso il portone del
palazzo incriminato, ci sparisce dentro. Su quel balcone
c'è una grande scritta in cinese (o giapponese, chi può
dirlo, certo non io), una serie di lanterne colorate svo-
lazzano accarezzate dal vento di Roma. È chiaro, Montepulciano ci ha portati in un negozio di cinesi. Ve l'ho
detto io: questo tipo non è un coglione, anche se sembra ubriaco come una scimmia. Svicoliamo anche noi nel
portone, seguiamo un barbone che odora come la pasta
e ceci della mensa di Villa delle Betulle; forse deriva da
questo la nostra attrazione primordiale per lui.
   Al primo piano c'è una porta aperta, fiutiamo l'olezzo
di Monte e ci troviamo in un appartamento senza stanze,
senza mura, con mobili e appendiabiti stracolmi di camicie, giacche, cinture, pantaloni, scarpe. Di tutto. Cinesini
girano come trottole tra i vari scaffali senza degnarci di
uno sguardo. L'odore del nostro nuovo amico è quasi coperto da un fetore prepotente di frittura e veleno per gli
insetti. Forse li stanno cucinando.
   – Qualora vi servissero dei vestiti posso portarvi in un
luogo eccelso dove potrete scegliere al meglio cosa indos-
sare per la vostra festa di questa sera, – Montepulciano si

avvicina di nuovo a noi, barcolla come uno che è sceso da una nave su un mare in tempesta.

– Monte, ci hai appena portato... – sussurro io: non voglio metterlo in imbarazzo di fronte agli orientali, è un uomo che tiene molto all'eleganza.

– Perfetto, ordunque, – fa lui, senza scomporsi. – Io vi attendo di sotto, col motore del biplano rombante, – e sguscia via. Sono certo che lo troveremo di sotto, ad attenderci. Magari anche con il biplano.

– Ragazzi, vediamo cosa troviamo di bello, – dico agli altri.

Nessuno sembra scomporsi per le stranezze di questo barbone erudito. È che ci assomiglia: voglio dire, poteva toccare a uno di noi. È come se lo sapessimo, tacitamente: c'è un po' di Montepulciano in ognuna delle nostre anime.

Ci dividiamo. Cominciamo a rovistare tra gli scaffali, a stenderci camicie addosso l'uno con l'altro per vedere la taglia giusta. Questi cinesi hanno tutta roba di qualità, non c'è che dire. Perfette imitazioni di Gucci, Versace, Valentino, i cartellini riportano addirittura i marchi originali degli stilisti. Solo che costano sei, sette euro a capo, al massimo dieci, se si tratta di una giacca foderata. Quindici tutto il vestito. Con poco meno di venti euro a testa siamo pronti per il ballo. Guttalax l'ho aiutato io, lui aveva optato per un'improbabile camicia rossa con un collettone bianco, sembrava un pacchetto gigante di Marlboro. Gli ho preso un completo gessato che lo fa sembrare un mafioso italoamericano di Detroit, gli calza una meraviglia. Rubirosa ha scelto un doppiopetto Principe di Galles, ma lui gioca in casa, l'eleganza è il suo mestiere. Brio non ne ha voluto sapere, invece. Dice di essere già elegante cosí, con le bretelle, il basco e tutto il resto (in realtà lo fa perché sotto la giacca tiene le sfere per la fionda, lo so).

Che non gliene frega niente a lui, che devo essere io quello elegante. E infatti, guardate qui: completo Armani (che l'industria tessile italiana mi perdoni) blu notte con camicia nera, cravatta in tinta con la giacca e, colpo di grazia, pochette bianca in bella vista. Potrei fare l'accompagnatore per signore.

Paghiamo, in contanti naturalmente, e ringraziamo i cinesi. Ci fanno mille inchini, sorridono tutti proprio come cinesi che sorridono. Tanto che ci viene il dubbio che Guttalax non sia un decerebrato, ma semplicemente cinese.

Ad attenderci giú c'è Montepulciano, se ne sta seduto su una cassetta di frutta girata al contrario. Appena ci vede arrivare, ci squadra per bene, si alza e dice: – Se non conoscessi la vostra apparizione facciale, vi prenderei per i Pooh prima di un concerto, – batte le mani. – Ottimo mestiere, ottime prospettive. Avanti, allora, non v'è tempo da obliare.

Chiedo a Brio l'orario, lui mi dice che sono quasi le otto. Siamo stati lí dentro piú di un'ora. Dobbiamo muoverci, abbiamo un ballo che ci aspetta. La festa di Sandruccio nostro. E non vogliamo mica tardare.

– Un momento, – Brio mi blocca. – Ci serve un piano.

– Non abbiamo molto tempo.

– Ci serve, non ci muoviamo mai senza un piano, noi.

– E mi sa che questa volta ci toccherà improvvisare, Bri'. Operazione *Buon Compleanno Sandruccio*: fai quello che ti dice la testa.

Come Montepulciano. Non so se l'ho convinto, però non dice niente.

# I quattro di Rete Maria

Eh, Cedrone, dove ti ho portato?
Ponchia in *Marrakech Express*

10.

*La festa di Agile.*

Alle ventuno in punto siamo di fronte al palazzo di Flaminia. Tutti in tiro. Vestiti bene, armati ancora meglio. Non ci diciamo nulla, ci aggiustiamo a vicenda il colletto di una camicia, la manica di una giacca. Ci fidiamo del nostro istinto; siamo coyote in mezzo a una metropoli, saranno gli altri a dover avere paura di noi. Noi siamo quelli felici. Dopo tutto, stiamo o non stiamo andando a una festa? Io non ricordo nemmeno l'ultima volta che sono stato invitato a una festa, e per festa non vale la tombolata natalizia organizzata dalle MM il 23 di dicembre. Quella la includerei nell'elenco dei crimini contro l'umanità.

Non so bene cosa mi aspetto stasera: voglio dire, Flaminia mi ha trattato un po' come si tratta il cugino ritardato che non si vede da qualche anno. E poi ha un compagno, che per quanto sia la controfigura di un pacco di spaghetti andati a male, è riuscito a conquistare il cuore della donna che ha conquistato il mio.

Rubirosa percepisce la tipica tensione prima di un incontro galante, è il suo pane quotidiano. Mi appoggia una mano sulla spalla: – Tranquilo, hermano. La chica sarà tua.

– Grazie, Rubi, ma non sarà facile, hai visto come se lo stringeva Sandruccio suo.

– A nosotros non ci gustan le cose facili.

Quanta verità in un solo uomo imbottito di Viagra. Ne ha prese due capsule, prima, al bar. E ora ne ingurgita un'altra davanti ai miei occhi.

– Ma non ti faranno male tutte queste pillole blu, amico?

– Lo que no te mata, te hace más fuerte.

In effetti, da quando lo conosco non è mai morto, pur abbuffandosi quotidianamente di Viagra. Forse il Signore ha un piano per lui, magari ripopolare i paesi dell'Andalusia, o fecondare tutte le vecchie per sconfiggere la menopausa, qualcosa del genere.

A piantonare l'ingresso del palazzo c'è un omone compresso in una giacca di pelle nera, in mano una cartellina. Nel giro di un paio di minuti vediamo una serie di comitive di vecchi avvicinarsi al tale, parlottarci qualche secondo, poi entrare dentro. E capiamo: quel tipo ha la lista degli invitati. Per una volta, non ci toccherà esibirci in un'opera di spionaggio, abbiamo regolare invito, non ci sembra quasi vero. Con noi c'è sempre Montepulciano, non sappiamo ancora come lo spacceremo per uno degli invitati, dato che ha su i vestiti della sua attività principale, il barbone. Qualcosa ci inventeremo.

– Non facciamo cazzate, – dico agli altri mentre attraversiamo. – Parlo io, intesi?

– La favella è l'arma migliore quando si è carichi di buone intenzioni, – Montepulciano alza un indice al cielo, lo fa vibrare. Cazzo, che poeta.

– Buonasera, – il bestione con la lista ci accoglie masticando una gomma. – I signori hanno l'invito?

– No, la signora Bocchi ci ha invitato nel pomeriggio.

– Allora sarete di sicuro in lista. Il suo cognome, signore?

– Agile.

– Bene, vediamo, – il tipo mette un indice sulla lista e comincia a scorrerla. Ora ci trova, tranquilli. Intanto Montepulciano si fa suonare il telefono.

– *Dríín! Dríín!* – Il buttafuori gli manda un'occhiataccia, poi la manda a noi, intanto Monte risponde. – Onorevole carissimo, guardi, al momento mi trova sprovvisto, sono a una festa con degli amici di vecchia data, la sua eroina ce l'avrò domattina alle nove in punto.

Merda, vecchio schizzato di un barbone, proprio ora dovevi lanciarti nel business dello spaccio di droga per politici?

– Non trovo il suo cognome, signore. Ha detto Agile, giusto?

– Sí, Dino Agile, può controllare ancora, per favore? Sono un amico molto caro della signora Bocchi.

Il primate strizzato nella giacca nera riprende la ricerca, sbuffa. Intanto Monte si è allontanato, ma le sue grida arrivano fin qui.

– No, onorevole, mi lasci parlare! Sono sempre stato puntuale con le consegne, ci conosciamo da un lustro, mi pare! Mi dica una sola volta... – si interrompe, batte un piede per terra. – Mi lasci parlare! Mi dica una sola volta in cui la mia eroina non le è arrivata regolarmente! Me lo dica, la prego!

Brio è nervoso, sa bene che questa cosa non ci voleva, comincia a tremare piú del solito.

– Signori, scusatemi, il vostro cognome non c'è, – ci guarda, poi indica Montepulciano. – E inoltre con quel tizio lí proprio non posso farvi passare, scusatemi.

– Ma guardi, ci deve essere un malinteso, Flaminia mi conosce da una vita, sono sicuro che se controlla meglio...

– Negativo, signore. Il suo nome non c'è, non me lo faccia ripetere.

– Allora faccia scendere un istante la signora, vedrà che ci conosce.

– Negativo, signore. La signora Bocchi mi ha dato ordine tassativo di rispettare la lista, non sono permesse eccezioni.

– La chiami, la prego, vedrà che...

– Negativo, signore. Non mi costringa a chiamare la polizia. Arrivederla.

E adesso? Non riesco nemmeno a pensare, con quel pazzo di Montepulciano che raglia come un mulo.

– D'accordo, onorevole, la sua parola contro la mia, informerò all'istante il presidente di quanto asserisce!

Poi, Brio prende in mano la situazione. E la cosa mi preoccupa.

– Ascolti, – dice, con un tono di voce pacato. – Sono sicuro che se guarda qui, proprio qui in basso, trova il nostro nome, non volevo dirglielo ma prima per sbaglio l'ho notato, – si avvicina al tale e mette un dito tremolante sul fondo della lista, gli sta praticamente attaccato.

Il buttafuori china la testa e la avvicina alla cartellina, proprio dove Brio ha piazzato il suo indice rinsecchito. È un attimo. Brio si gira il basco all'indietro con un movimento fulmineo dell'altra mano e gli colpisce con la fronte la faccia. Un colpo secco, deciso, violentissimo. Lo becca in pieno, *bam*. Il bestione finisce lungo, in terra, privo di sensi. Oddio, ma perché? E se ci ha visto qualcuno? Mi guardo intorno: per fortuna non c'è anima viva.

Brio si aggiusta il basco, si volta verso di noi: – Ora possiamo entrare.

– Ma potevo fare una telefonata a Flaminia! L'avremmo risolta di sicuro!

– Questa è la vita, Agile.

– No, Brio, questa è aggressione, è una testata in faccia!

– La vita spesso è una testata in faccia, – chiosa Montepulciano. Ha finito la sua chiamata, sembra tranquillo.
– Allorquando credi di essere tu a comandare, vieni comandato.

Ovvio che Monte gli avrebbe dato ragione, lui fa quello che gli dice la testa, una capata in pieno viso a un uomo rientra perfettamente nei suoi criteri comportamentali.

– È morto? – Guttalax sta per piangere.

– No, – Rubi si china e gli controlla il polso. – È vivo, è solo svenuto.

– Gente, la festa non aspetta noi, – Brio ci richiama all'ordine. – Tu, pensa a Sandruccio che balla un lento con Flaminia, quelle mani sul corpo di lei...

– Occhei, occhei, – lo fermo. – Muoviamoci, cazzo, ma basta testate in faccia alla gente.

– Agile, è un po' che mi dici che non posso far brillare le persone, che non posso dare testate, intanto è sempre grazie a me se entri alle feste migliori.

Tutti ridono, Montepulciano per celebrare il momento rifiuta persino una chiamata in entrata. D'accordo, Brio, hai ragione tu.

– Andiamo, – dico, e imbocco le scale.

Sul pianerottolo c'è un ficus benjamina grande quanto una quercia, la porta di casa Bocchi è socchiusa, dal ventre dell'appartamento arrivano le note di una musica latinoamericana. Rubirosa gongola tutto.

– ¡Me parece muy bonita esta fiesta!

Montepulciano inizia a scuotere il bacino come un invasato, solleva le mani luride. Si lancia dentro senza dirci una parola.

– Dove va quel matto? – mi chiede Brio.

– Tutto sotto controllo, fidati di Montepulciano.

– Ma perché dovrei fidarmi di uno che simula chiamate da un cellulare che non ha?

È una buona domanda, ma io gli do una buona risposta: – Perché lui almeno non dà testate in faccia al primo che incontra. E poi ci ha risolto il problema dei vestiti in dieci minuti, lascialo vivere, è un uomo che sa quel che fa –. Brio sospira: colpito e affondato.

All'ingresso ci accoglie una domestica, ci chiede se siamo amici del signore sfrecciato dentro poc'anzi. Diciamo di sí con un filo di orgoglio. Montepulciano ci piace proprio. La seguiamo. Attraversiamo un corridoio lungo quanto la Puglia, a sinistra e a destra quadri enormi e specchi, candelabri, mobili pieni di qualsiasi cianfrusaglia che io non esporrei nemmeno nel cesso di casa mia. Ma questi sono palazzinari arricchiti, hanno il gusto dell'inutile. Tutto molto superfluo, barocco, ma come sto parlando? Ogni tanto una porta, mille porte, tutte rigorosamente chiuse. Dall'interno di ogni stanza arriva qualche rumore strano, una musica diversa dal casino latinoamericano che, passo dopo passo, diventa sempre piú forte. Noi siamo in fila indiana. Dal fondo sento Brio mormorare qualcosa.

– Che dici? – mi volto (io sono il primo) senza smettere di camminare.

– Nulla, – fa lui, concentrato. – Dico il rosario. Prego sempre prima di combattere.

– Combattere? No, Brio, per favore, è una festa.

– L'hai detto tu, operazione *Buon Compleanno Sandruccio*: fare quello che ci dice la testa.

– Sí, ma non troppo, ricordati che siamo qui per Flaminia.

– Lei la lascio in vita, prometto.

– Brio…

– Signori, – la domestica mi interrompe, si ferma di fronte a una grande porta a due ante, chiusa. – Benvenuti alla festa, buon divertimento, – la apre.

Una sala enorme, stracolma di gente vestita come a una raccolta fondi di Telethon. Quasi tutti vecchi, ma anche persone normali. Chi balla, chi chiacchiera. Un macello, la musica è talmente forte che non riusciamo quasi a sentirci tra di noi (sai che novità).

– Cazzo!

– Eh?

– Dicevo: cazzo!

– Cosa?

– Cazzo, quanta gente!

– Eh?

– Ahèèè!

Due rampe di scale si inerpicano fino a un soppalco che circonda lo stanzone, sul quale sfociano fiumane di persone, tutte con un flûte di champagne. Mai visto niente di simile (mi rendo conto che lo ripeto spesso, ma non è che abbia fatto una vita molto eccitante; ho guidato autobus per quarant'anni, tutto qui, le cose piú interessanti che ho visto sono gli incidenti mortali).

– Brione, guarda dove ti ho portato, – gli sbatto il dorso della mano sul petto.

Per l'emozione, mi pare quasi di vederlo smettere di tremare. Un cameriere vestito meglio di noi ci porge un vassoio con quattro calici riempiti per metà. Ci serviamo, anche se non siamo abituati a gente che ci offra qualcosa di diverso dalla razione serale di pillole. Ma è una festa, no? Festeggiamo.

– Alla nostra, – Rubi alza il bicchiere.

Ora, io non so quanti brindisi ancora avrò prima del sipario, ma nel dubbio questo me lo faccio. Guardo i miei amici, prima di bere. Non saremo mai piú cosí belli, nei nostri vestiti supereleganti comprati dai cinesi. E le rughe che ci scavano le facce sembrano quelle di Sean Connery. Quei peli che ci escono dal naso e dalle orecchie non sono poi tanto brutti, a guardarli ora. Io non lo so cosa c'è dopo la morte, quasi di sicuro buio eterno e piú niente di niente, ma ci voglio ricordare cosí, noi quattro. E nelle prossime ore succeda pure quello che deve succedere. Amore, guerra e morte non saranno mai paragonabili a questo momento.

– Alla nostra, sí, – e butto giú.

Neanche il tempo di scolarci il primo giro, che passa un altro camieriere. Secondo round. Via, siamo in ballo, beviamo.

Flaminia ci appare di fronte avvolta in un abito nero, paillettato, una spalla scoperta tranciata in due dalla bretella del reggiseno. I capelli sollevati (anche perché: avete mai visto una vecchia coi capelli sciolti sulla schiena?) in una pettinatura a panettone, perle alle orecchie, al collo, ai polsi. Un rossetto rosa sulle labbra sottili, screpolate dagli anni.

– Dino! Alla fine sei venuto! – mi abbraccia, mi sfiora le guance con le sue in due baci formali.

– Sí, come potevo mancare?

– E io che avevo dimenticato di mettere in lista il tuo nome...

A Brio va di traverso l'ultimo sorso di champagne.

– Cose che capitano, – taglio corto io. – Piuttosto, hai una casa fenomenale, complimenti, non la ricordavo cosí grande –. Il punto è che non me la ricordavo proprio, zero, vuoto assoluto, grandezza a parte. Sarebbe potuta essere una stalla arredata come un presepe, l'impatto di sorpresa e novità per me sarebbe stato lo stesso. Il bello di essere vecchi è che non ti senti in colpa se hai cancellato qualcosa dal nastro. Chi può dirti niente? Nessuno.

– Oh cielo, è vero! Tu sei stato qui tanti anni fa, – Flaminia arrossisce, forse sta avendo una caldana per la menopausa, vediamo. – Da allora sono cambiate tante cose. Papà, buonanima, acquistò anche l'appartamento di sopra e abbiamo ampliato un po'. Un po'? E che volevate ampliare piú di cosí? Subaffittarvi il Colosseo per farci giocare i cani con la servitú? – Delizioso, – mi limito a dire, da paraculo quale sono. Devo guadagnarmi la sua fiducia il prima possibile e restare solo con lei, non ho tanto tempo, anzi, ne ho pochissimo. E infatti il protagonista della serata affianca Flaminia con quell'irritante aria dimessa sulla sua faccia da merlo ammalato. Sandruccio De Michelis, il festeggiato. Tanti auguri, cento di questi secondi. Poi però schiatta.

I miei tre compari lo abbracciano e sbaciucchiano, lo ringraziano per l'ospitalità, bevono un sorso di champagne insieme a lui. Sandruccio è imbarazzato, ha una parola buona per ognuno, un complimento. Rubi fa l'occhiolino: – Lascia fare a me, – mi mormora in un orecchio. Nel festival dell'amore globale, Flaminia prende la parola.

– Dino, posso farti una domanda?

– Certo, Flaminia, dimmi pure.

– È un vostro amico quel tipo alquanto bizzarro? Quello lí in fondo? – e indica oltre il tavolo del buffet, vicino al palco dove suona il complesso. – Perché Natalia, la domestica che vi ha accolto alla porta, ha detto che era con voi, al vostro arrivo...

Mi sporgo, do un'occhiata. Cazzo, Montepulciano, me l'ero dimenticato. Da questa distanza mi pare di vederlo intrattenere due stangone bionde, fasciate appena da un vestitino bianco e uno verde. E adesso che fa? No, di nuovo. Sta fingendo una telefonata, si sposta, si chiude l'altro orecchio con un dito, sbraita contro il gruppo, gli fa quasi interrompere la performance.

– Be', – se avessi trent'anni troverei subito una scusa, inventerei un'ottima storia, invece che boccheggiare come un pesce e prendere aria nei miei stanchi polmoni.

– Sí, – Brio arriva in mio soccorso. – È un nostro caro amico, un artista concettuale di Viterbo, bravissimo.

– Oh, – Flaminia trasalisce.

– Si fa chiamare Montepulciano, ma il suo vero nome non lo conosce nessuno. Espone anche al MoMA di New York, non so se mi spiego.

Al mo che?

Flaminia non sa se mostrarsi imbarazzata oppure onorata. Nel dubbio annuisce sgranando gli occhi, butta giú una sorsata lunga dal bicchiere.

Fermi un attimo: mi volete dire che tutti qui sanno cos'è il MoMA di New York tranne me? Vero che non ho girato tanto il mondo, e che al massimo ho visto un paio di isole greche e la Sardegna, ma da come Rubirosa, Sandruccio e persino Guttalax stanno approvando con espressioni di vivo compiacimento, pare proprio di sí. Anche se, io lo so, Gutta sta bluffando. Vede che tutti sono sbalorditi e sbalordisce anche lui.

– Vuole che glielo presenti? – Ecco il solito Brio che non sa accontentarsi, quando entra nel personaggio sarebbe capace di rimpolpare la copertura con qualsiasi mezzo.

– No no, lasciamolo pure divertire –. Per fortuna Flaminia non pare apprezzare molto l'arte concettuale (che io non so nemmeno cos'è; perché, voi sí?)

– Come preferisce, – Brio agguanta un altro calice.

– Ma, Sandruccio, – questo è Rubirosa che prende sottobraccio il festeggiato, – mi diceva della sua permanenza in Spagna. Be', perché non mi racconta qualcosa?

– Volentieri!

– Muy bien, venga, andiamo a prendere qualcosa para comer. Ho visto delle tartine al caviale e salmone che sembrano proprio indimenticabili. Mica le spiace se glielo rubo per qualche minuto, vero? – quel vecchio madido di Viagra si rivolge a Flaminia.

– Fate pure.

Bravo Rubirosa, bel colpo, toglimi dai coglioni questo zombie. Guardo in rapida successione Brio e Guttalax. Brio: – Io vado un attimo al bagno, ci vediamo tra poco –. Eccezionale tempismo. Flaminia glielo indica, è al piano di sopra. Lui pronto si avvia e sparisce tra la folla. Gutta invece resta impalato accanto a noi.

– Bella festa! – e simula un passo di danza muovendo le braccia.

Flaminia ridacchia e lo asseconda, attaccano a ballare uno di fronte all'altra. Ma perché mi doveva capitare Guttalax? In una vita precedente sono stato il nonno di un gerarca nazista? Se solo ci fosse ancora Brio qui, sí che gli direi di premere quel bottone e far saltare per aria questo demente. E ora che fa? Perfetto, la fa girare, la stringe a sé. Io resto lí, fermo, un finto sorriso a godermi il loro spettacolo, quando avrei solo voglia di afferrare la chitarra del tipo che suona e distruggerla sull'occipite di Gutta.

Mi avvicino, accosto la bocca all'orecchio del mio amico:

– Ma non dovevi andare a prendere anche tu da mangiare?

– No no, – urla lui, fermandosi un momento. – Non ho fame per adesso, però grazie del pensiero.

– Ma io sí, – e alzo le sopracciglia, faccio un'espressione come a dirgli: aria, cazzone. E forse lui qualcosa intuisce.

– Oh, vuoi che ti vada a prendere da mangiare?

– Sarebbe grandioso, sí –. Non so se ha compreso o se, semplicemente, vuole farmi una cortesia. Una qualsiasi delle due opzioni, basta che evapori in fretta.

– Allora vado, hai delle preferenze?

– Va bene tutto.

– Sicuro? Non è che poi non digerisci qualcosa e finisci in bagno con la diarrea come ti capita spesso? Flaminia smette di ballare. Io mi faccio una sonora risata, finta come le ali di un pinguino.

– Sempre voglia di scherzare, – lo acchiappo per il colletto della giacca e lo spingo via, con forza. – Quello che preferisci, tranquillo.

Gutta alza due pollici. Chiede a Flaminia se vuole uno stuzzichino, lei ringrazia e dice di no. Dio mio, vuole domandarmi altro prima di sparire dalla mia vista? Cosa desidero per dessert? Per fortuna si dirige trotterellando verso il buffet, ma tornerà presto. Allora prendo una mano di Flaminia tra le mie e le chiedo se le va di allontanarci un attimo per fare due chiacchiere.

– Certo, ho un mal di testa incredibile.

Andiamo al piano di sopra, mi dice che ci sono diversi salottini in cui sedersi per parlare un po'. Bingo, siamo soli.

Per le scale facciamo lo slalom tra la gente che scende, ci sono tantissime persone. Lei mi tiene la mano e io la seguo; è bello per una volta, una soltanto, sapere che la strada non la decidi tu. Può passare una vita intera, ma il corpo certe cose le ricorda, anche quelle che la mente dimentica. Come il calore della mano di Flaminia. Arriva nella pancia, tra le gambe, nelle ossa.

Entriamo in un salotto arredato come il resto della casa: marmo in terra, finestrone panoramiche, un tavolo al centro e un pianoforte a coda, bianco, nell'angolo in fondo. Gruppetti di vecchi sorseggiano champagne, c'è meno gente e il chiasso della musica arriva più sommesso. Il luogo ideale per una confessione.

– Ti piace qui? – Flaminia mi invita a sedere con lei su un divanetto a due posti sistemato sotto un enorme dipin-

to che raffigura una scena della Rivoluzione francese, me
ne accorgo dalle teste mozzate e la ghigliottina. Rassicu-
rante, come presagio.

– Qui va benissimo, – mi accomodo e finalmente le
chiappe ringraziano. – Questa casa è fantastica e la festa
è proprio riuscita.

– Sono contenta, – mi lancia un sorrisino, è rimasta la
stessa sibillina stronzetta, la adoro. – Dino, dimmi tutto,
da dove vuoi cominciare?

E questa è una domanda pericolosa da fare a un tipo come me. Per due motivi. Il primo è che, se mi vuoi dare la libertà, io poi me la prendo tutta, senza limiti. E il secondo è
che voglio sempre cominciare dalla fine. Ed è da lí che parto.

– Perché mi hai lasciato, Flaminia? – secco, diretto. Come l'uomo che non deve chiedere mai (anche se questa è
una domanda, me ne rendo conto).

Non se lo aspettava, inclina ancora la testa, lo fa quando qualcuno la sorprende, ora ho capito. Ed è bello sapere che a settantaquattro anni sono ancora in grado di sorprendere una donna.

– Dino... cosí mi spiazzi –. Che vi dicevo io? – Eravamo giovanissimi, dei ragazzini, io neanche mi ricordo, se
devo essere sincera.

Sta mentendo: una donna sa sempre perché può fare a
meno di un uomo. Di solito, quello che non sa è perché
non può farne a meno. Che è diverso.

Non mi arrendo, è una mia caratteristica dopo tutto.

– Mi hai piantato da un giorno all'altro, questo te lo
ricordi?

Lei arrossisce. Qualche capillare sano le è rimasto, nonostante quello che ha tutta l'aria di essere un leggero lift-
ing facciale. I soldi, quando sono troppi, devi investirli in
qualcosa che duri in eterno, o no?

– Dino, ma cosa ti importa oramai? Sono passati cosí tanti anni –. Sí: è rimasta la solita adorabile stronza. – Quando sei giovane fai delle scelte perché al momento ti sembrano le migliori, altre perché semplicemente ti va di cambiare la tua vita. Io ti ricordo sempre con grande affetto, ma...
– Ma?
– Ma non eri l'uomo per me, – conclude, sicura di sé. E l'uomo per te sarebbe questo lungagnone con un litro e mezzo di sangue scaduto in corpo? Le chiedo spiegazioni, sono curioso, diciamo cosí. In verità sono furibondo, ma riesco a tenere tutto dentro. Ci sono riuscito per cinquant'anni, posso aspettare altri cinque minuti.

– Vedi, Dino, – mi accarezza una guancia. – Tu eri tanto caro, tanto galante, ma avevi un difetto: non potevi darmi un futuro.

Tradotto: non avevi il becco di un quattrino. Questa è facile, ci voleva poco. Non sono ancora sazio, le chiedo altre spiegazioni. Niente di peggio di un amante rifiutato, quando si tratta di comprendere un concetto elementare (che quasi sempre è: non ti voglio, punto).

– Se devo essere proprio sincera, Dino caro, ti mancava quel guizzo in piú... Eri troppo ordinario, – le scappa un risolino. – Non te la prendere, all'epoca cercavo l'avventura, qualcuno di forte, carismatico, un uomo in grado di sorprendermi con effetti speciali, sí... insomma, tutte quelle cose che ogni ragazza di quell'età sogna, – e poi mi guarda come si guarderebbe un bimbo che non è in grado di afferrare il biberon, gli stessi occhi teneri. E questo, proprio no.

Chi può permettersi di dirmi che sono un uomo privo del guizzo eccetera eccetera? Io che a Villa delle Betulle sono rispettato e temuto da tutti, che sono stato in grado di non farmi intercettare in questa faccenda da uno come Brio, la

quintessenza dell'intelligence anziana. Sempre io, che ho capeggiato la protesta contro le Miserabili Monache per l'inserimento delle patate al forno (una volta ogni due settimane) nel menu della mensa. Incredibile, questa donna se lo merita il generale Sandruccio De Michelis, alias l'ameba dei cieli. Un ribelle come me lei non sa neanche dove sta di casa.
– Te la sei presa, Dino?
Prendermela? Io? Per cosa? Per un'inesattezza del genere? Tu ti sei persa un fuorilegge, amica mia. Ti sei persa un uomo capace di meravigliarti giorno dopo giorno. E ora è troppo tardi, baby. È inutile che mi guardi con questa faccia qui, da seduttrice. Dino Agile passa una volta sola nella vita. E anche se mi accarezzi il viso non credere che cederò, perché se c'è una cosa di cui mi vanto, nella mia vita, è quella di avere una dign...
E all'improvviso Flaminia Bocchi mi bacia. Piano, per un paio di secondi. Poi si stacca, torna a sorridermi, non dice niente.
E io cosa dovrei dire? Io credo di amarla. Sto zitto, come tutti gli innamorati disarmati del globo terracqueo. Ho la forza per fare una sola domanda, che è quella che chiunque vorrebbe farle, arrivati fin qui.
– E questo per cos'è?
– Per chiederti scusa se all'epoca sono stata un po' brusca.
– Per nient'altro?
– E per cosa, se no? Che credi, che a settant'anni mi posso innamorare di nuovo di te? Non essere sciocco, su, – e la sua mano schiaccia l'aria.
Sono ancora troppo imbambolato per risponderle con una frase a effetto, mi succhio le labbra per sentire meglio il sapore che il suo bacio mi ha lasciato. Ma non sento niente. Solo un ruggito di rabbia. La fame di dimostrare a questa donna che Dino Agile, se solo volesse, sarebbe

in grado di rapire un panda sfidando tutto il Wwf, infiocchettarlo e regalarlo per Natale a suo nipote (che non ha), figurarsi far innamorare di sé una donna. Ci riuscirebbe a occhi chiusi, Dino Agile.

– Secondo te non saprei farti perdere la testa per me?

– Ma siamo anziani, oramai.

Tu sei anziana, donna, io sono ancora nel meglio.

– Non c'entra questo, ti ho chiesto un'altra cosa: secondo te saprei sí o no farti innamorare?

– Be', Dino… – Flaminia prende tempo, tormenta con le dita la collana di perle. – Non è questo…

– Sí o no, sincera.

– Non credo, non sei mai stato il mio tipo, Fernandino.

Su «Fernandino», detto in questo preciso momento della discussione, qualsiasi mio omonimo avrebbe perso le staffe. Perché è un «Fernandino» pronunciato con l'algido distacco che si riserva a chi credi inferiore a te in qualche maniera, uno che non può capire ciò che hai capito tu dall'alto della tua piú profonda capacità di analisi. Benissimo, Flaminia Bocchi, accetto la sfida. Agile non si è mai tirato indietro di fronte a nulla.

– Alla grande, – tuono, dentro ho un fuoco. – Dimmi una cosa, Flami, qual è il tuo posto preferito di Roma?

– In che senso?

– Un posto in cui ti piace andare, che ti piace immaginare, quello che ti pare. Un posto che ami di questa città, dài.

– E questo che c'entra?

– Tu rispondi, poi ti dico che c'entra.

– Direi piazza Venezia, ci vado tutte le mattine a fare colazione con le mie amiche.

E mentre noi siamo avvelenati ogni giorno dal caffellatte di buongiorno delle MM, queste vanno a fare colazione davanti all'Altare della Patria. Povere stelline. Scommetto che la pensione a 'sta gente gliela accredita direttamente il ministro del Tesoro in persona con un bonifico (perché hanno anche una pensione, a fine mese, pure se non hanno mai lavorato).

– Perfetto. Domattina, a colazione, ci sarà una sorpresa per te.

– Che sorpresa?

Già, che sorpresa? Boh. Proposte?

– Una sorpresa è una sorpresa, – maledetta stronza, dovrei aggiungere, ma sono un gentiluomo.

E come qualsiasi donna che si rispetti, che abbia venti o cento anni, i suoi occhi si accendono di un interesse diverso dal: «Oh, Dino, sei sopravvissuto in tutti questi anni, raccontami come hai fatto a non perderti un testicolo per strada». È un interesse che risale fino allo stomaco, che fa prudere i pensieri, sudare le ascelle, saltare i bottoni delle panciere (ne ha una, per forza, non può avere un addome cosí piatto e le tette cosí grandi). Vuole sapere, a ogni costo, cosa ci sarà per lei domattina, al posto della solita e noiosa colazione a piazza Venezia. E il bello è che io non ne ho la piú pallida idea, ma qualcosa ci sarà. E per sapere cosa, ho bisogno dei miei tre scudieri. Costa ammetterlo, ma sarei perso senza di loro. Quando ti rendi conto che da solo vali meno che con un'altra persona accanto, è lí che realizzi che non fai cosí tanto schifo come credi. Condividere è l'unica arma che abbiamo per smettere di essere vecchi, alla fine. Quello che ti fotte sono i dolori reumatici: non li cancelli neanche se sei amico di tutta la popolazione del Lussemburgo.

– Intesi, dunque? – mi alzo di scatto.

– Ma parli sul serio?

Ora afferro il mio mazzo di carte esplosive, pesco un bel re di bastoni e *badabum*: di casa Bocchi resteranno solo le fondamenta. Rinuncio solo perché finirei per far detonare anche qualcuno dei miei, e ho preteso da Brio la promessa che nessuno facesse esplodere nessuno, in questa missione. Sarebbe poco carino dare il cattivo esempio, me lo rinfaccerebbe per il resto della vita.

– Certo che parlo sul serio, Flaminia. Mi conosci, sono un uomo di parola.

– Non ti conosco affatto, Dino.

– Be', mi conoscerai adesso, – metto il petto in fuori.

– Domattina, piazza Venezia.

– Va bene... – balbetta lei.

– E vieni sola, nessun generale dell'aeronautica militare è invitato.

– Domani Sandruccio ha una parata al Gianicolo, presenzierà accanto al sindaco di Roma per il volo delle frecce tricolori su tutta la città –. Com'è orgogliosa.

Ohhh cielo, una parata, che invidia. Di sicuro una baracconata di fantocci in alta uniforme per compiacere l'opinione pubblica (ma dove ho imparato tutte queste parole? Sarà la vicinanza di Montepulciano?) In ogni caso, bene cosí, De Michelis: vai ad ammirare la sfilata domattina, io penso alla tua compagna. Non è molto onorevole da dire, lo so, ma siamo pirati, non cadetti, le regole del gioco le facciamo noi. E sono quasi sempre sbilanciate a nostro favore.

– Perfetto, ci si vede lí allora, puntuali alle dieci e trenta, a colazione, – la congedo con i soliti due bacetti, smack smack. Per ora mi tocca questo, ma nessuno mi toglie dalla testa che domani, prima che la colazione sia finita, riuscirò a guadagnarmi il suo cuore e finirle nella bocca con la lingua. So che vi fa schifo l'immagine di due vecchi che limonano duro, ma come credete che ci si baci da vecchi? Con i piedi?

All'improvviso sento uno stimolo infiammarmi la vescica: devo fare la pipí. Sarà stata la tensione, chissà. Quando sei vecchio il tuo rapporto con l'urina cambia drasticamente: se da giovane potevi farne fiumi e fiumi senza pensarci su, e te ne stavi lí, durante la minzione, a ragionare dei fatti tuoi, di quello che avresti fatto dopo e cosí via, da vecchio mentre fai pipí ti concentri solo sulla pipí, diventa un'ossessione, come il sonno per un insonne.

Dopo aver evitato una signora rinsecchita che continuava a chiedermi se fossi suo marito Vincenzo, trovo la porta di un bagno. Uno dei quattrocento che, suppongo, invadono la pianta della casa. Afferro la maniglia, devo sbrigarmi o allagherò tutto e toccherà chiamare i pompieri, altro che un generale pilota di aerei. Chiudo la porta e al centro esatto del grande bagno trovo una sedia in pelle, di quelle girevoli, nera. C'è seduto sopra qualcuno, mi dà le spalle, se ne sta lí, fermo. Mi blocco. Sono tentato di fuggire, ma la curiosità di sapere chi diavolo sia seduto su una sedia di pelle in un bagno è troppa.

– Prego? – meglio tenerci sul vago, ma ho la mano già in tasca sul mazzo esplosivo, non si sa mai.

– Sei arrivato, finalmente, – una voce familiare: non ci credo.

– Che cazzo ci fai qui?

La sedia, piano, si gira. In un batter di ciglia, proprio di fronte ai miei occhi nauseati dall'orrenda visione: Capitan Findus. Il solito cappello a coprirgli quella zucca vuota. In braccio ha un gatto, bianco, non tutto bianco a dire il vero, pezzato un po' di arancione e un po' di nero. Sono perplesso.

– Lo so –. Non smette di grattare la testa del felino.

– Tutto bianco non l'ho trovato, c'era solo questo in casa.

– Non è per lui.

– E per cosa?

– Perché diavolo hai portato una sedia girevole in un bagno?

– Non è importante, Agile.

– Findus. Una sedia girevole in un bagno!

– Be'?

– Tu non stai bene.

– Disse l'uomo in trappola...

E, finita la frase, Sciabola e Uccello mi compaiono alle spalle, fanno scattare la chiave nella serratura. Sí, duole ammetterlo, ma sono in trappola sul serio.

Come diamine ha fatto Findus a scovare casa di Flaminia? Ci hanno seguiti? Ma come? Cazzo... Spavaldi! Deve averci messo qualcuno alle costole. Non ne sbaglia una, Brio l'aveva detto che era un cane rognoso.

– Come avete fatto a sganciarvi dalle monache? – Provo a prendere tempo, non so cosa vogliano da me (cioè, lo so: annientarmi, è la loro ossessione).

– Pensi sia cosí difficile, per un vecchio lupo di mare come me, sfuggire al controllo di quattro suore? Voi avete dovuto organizzare una sceneggiata patetica con quei sosia da strapazzo. Ridicoli, Agile, ri-di-co-li.

– Findus... – questo sono io, state a vedere. – Sai qual è la cosa piú ridicola, di tutta questa storia?

– No, qual è?

– Tu.

– Ah ah ah, – Findus molla per un istante il gatto e applaude; il cliché dell'applauso lento, Cristo, credevo non sarebbe mai arrivato a tanto. – Spiritoso, molto spiritoso, Fernandino.

Su «Fernandino», come se il Signore avesse accolto infine le mie preghiere, il gatto si stranisce, probabilmente per l'applauso, e inizia a dimenarsi. Findus prova a tenerlo fermo, se lo schiaccia a forza sulle ginocchia, ma quello non ne vuole sapere, sembra un idrante fuori controllo, un serpente che ha preso la scossa, è ingestibile. Gli salta in faccia, caccia fuori miagolii atroci che pare lo stiano scuoiando vivo. Sciabola e Uccello non sanno cosa fare, quel romagnolo venuto dall'inferno si limita a un «Diobo'...», che ha il suono dell'orgasmo di un angelo alle mie orecchie.

– Toglietemi questo gatto di merda dalla faccia, non state lí impalati! – Findus: hai pescato merluzzi per tutta la vita, che un gatto ti aggredisse doveva succedere, prima o poi.

I due scagnozzi si precipitano al suo capezzale, mi lasciano via libera, sono quasi tentato di fuggire, ma no, Agile non fugge perché un gatto ha attaccato il suo, se pur stupido, nemico. È Agile, semmai, che fa scappare il suo nemico, altroché. Una volta che Sciabola gli ha tolto il micio impazzito dalla faccia, Findus si ricompone, si aggiusta il blazer, rimette a posto il cappello da marinaio.

– Dove eravamo, Agile? – si affanna a mostrarsi sereno, ma ha un paio di tagli che sanguinano sul collo.

– A te che venivi assalito da un gatto, Findus.

– No, a te in trappola come un topo.

– Veramente il topo sembravi piú tu, da come quel felino ha provato a mangiarti –. Una grande battuta e nessuno dei miei ad ascoltarla, cazzo.

– Scherza pure, Fernandino, – Findus si alza, mi viene incontro.

Sciabola e Uccello si risistemano vicino alla porta. – Non credevi mica che ti avrei lasciato terreno libero, con questa faccenda.

– Sai che, per un attimo, sí?

– Ti sbagliavi, e di grosso.

– Quando vi siete accorti che eravamo fuggiti?

– Dopo dieci minuti quello che ha preso il posto di Rubirosa ha incrociato per strada una vecchia tedesca a cui era sceso un gambaletto, e non si è fermato a fissarla. Mi sono subito insospettito.

– Imbecilli...

– Già. Noi a quel punto ce la siamo svignata. Sai... quando fanno la conta e non trovano qualcuno... si cominciano ad allarmare... A quest'ora ci staranno già cercando... Maledetto figlio di una barca a vela, rischia di farci saltare la copertura. Calma, Agile, devi mantenere la calma ora piú che mai.

– E vi siamo mancati tanto che ci avete seguito?

– Tu non mi manchi mai, Agile.

– Non mentire, che mondo sarebbe senza di me, per te?

– Sicuramente migliore, – Findus osa un sorrisetto diabolico, gli viene cosí male.

– E tu cosa faresti dal mattino alla sera? Pensaci, sei una tale nullità che hai bisogno della mia luce riflessa per splendere. Sei uno di quei cattivi incapaci che provano sempre a distruggere il supereroe, ma non ci riescono mai.

– Mai, dici? E adesso?

– Adesso di sicuro troverò il modo per uscire da questo bagno. Magari Brio attaccherà l'edificio con un elicottero militare Kamov e mi tirerà fuori di qui. A quest'ora mi avrà già individuato, vecchio mozzo che non sei altro –. Paura, eh, Findus?

– Non mi interessano le tue battute a effetto, Agile, mi interessa piú il perché non siete andati subito a Rete Maria... – quel vecchio figlio di un pescespada comincia a camminare avanti e indietro. – E siete finiti in questa festa merdosa. È per quella Flaminia Bocchi, vero?

E lui come fa a sapere anche questo?

– Che ti frega, a te, perché siamo qui?

– Lo sai, sono un tipo curioso.

– Direi piú il mio biografo.

Findus ride, mi viene a brutto muso, stringe gli occhi dalla rabbia. Adoro farlo incazzare cosí, spero sempre che da un momento all'altro gli esploda la testa in mille pezzi.

– Basta cazzate, so tutto di questa Flaminia, era la tua donna tanti anni fa, Spavaldi mi ha fatto un rapporto completo. Pensa, prima me l'ha persino presentata.

Anche Spavaldi è qui! Spero che Brio lo intercetti prima che quel figlio di puttana di detective combini qualcosa.

– Gentile da parte sua –. Mantenere il sangue freddo, sempre, anche quando il tuo antagonista ti tiene per le palle chiuso dentro un bagno.

– Sí, molto.

– E perché non mi fai uscire?

– Io il gusto di impedirti qualsiasi cosa ce l'ho a prescindere, ma sai che c'è? Adoro Rete Maria, non credo che domani voi andrete da nessuna parte.

– Ma finiscila, tu odi Rete Maria.

– Ti sbagli, Fernandino, adoro il rosario di padre Anselmo da Procida.

– Nessuno adora padre Anselmo da Procida, nemmeno il Signore in persona che gli ha fatto avere la chiamata.

– Quello che conta... – Findus mi dà le spalle, cammina un po', torna a sedersi. – È che tu adesso vieni con noi, senza troppe storie. Ti riportiamo dalle suore e domani, tutti insieme, andiamo a guardare la beatificazione del papa polacco in piazza. Che te ne pare?

– Preferirei farmi sgozzare da un talebano in diretta su Al Jazeera.

– Mi fa piacere sapere che l'hai presa bene, Agile.

È ora il momento di usarle. Fingo di voler cominciare un discorso, mi bagno le labbra, mi tocco il mento. Se fumassi, questa sarebbe l'occasione ideale per accendermi una sigaretta. Mi infilo le mani in tasca, piano, senza dare nell'occhio.

– Facciamo una cosa, un gioco, – un passo in avanti e tiro fuori il mazzo di carte esplosive. – Se indovino il numero della carta che esce, mi lasci andare. È una sola possibilità su quaranta, dopo tutto.

Il vecchio marinaio storce il naso, Sciabola e Uccello si avvicinano. La tensione aumenta.

– Tanto ci vieni lo stesso con noi.

– Non vuoi dare al condannato a morte neanche una chance di salvezza? Perfino gli squadroni sterminatori delle foreste del Chiapas lo fanno –. Occhei, questa me la sono inventata di sana pianta, lo ammetto.

Capitan Findus ci pensa su, poi sentenzia: – Mi sembra giusto, tanto con la sfortuna che ti ritrovi oggi... – sghignazza.

I suoi tirapiedi lo imitano, scontati come vestiti l'ultimo giorno di saldi.

Con le dita saggio il dorso della prima carta del mazzo. Mi serve fortuna, ho bisogno di un numero alto per quello che ho in mente, se no sono fregato, e io dalle Miserabili Monache non ci torno manco morto. Ho Flaminia da riprendermi e Rete Maria da conquistare con Brio e gli altri, non esiste capitano di vascello che mi possa fermare, adesso.

Mi volto, afferro la prima carta in cima al mazzo, ho solo un secondo per guardarla: nove di coppe. Perfetto. Sciabola e Uccello restano pietrificati, non capiscono. Findus prova ad alzarsi, lo vedo con la coda dell'occhio.

– Nessuno può mettere Agile in un bagno, – è la mia battuta d'uscita. Poi miro la porta e scaglio la carta come un frisbee.

L'esplosione è bella forte, non pensate a una porta che va in frantumi e la lingua di fuoco che esce dalla stanza, ma quasi. Una nuvola di polvere e fumo si alza fitta. Io, Findus e i suoi due scagnozzi ci finiamo dentro. Quando il fumo si dirada la porta è divelta, ha un buco al centro, la serratura e la maniglia non ci sono piú. In terra minuscole schegge di legno. La musica arriva fortissima, deve avere coperto la piccola esplosione. Sento quei tre tossire, io mi sono protetto la bocca con una manica della giacca. Tre passi e sono fuori dal bagno. Cammino veloce, devo recuperare gli altri e tagliare la corda, alla svelta. Poi, d'un tratto, mi trovo Brio di fronte, ha la fionda in mano e l'affanno lo fa tremare piú del solito, ha una faccia che non promette niente di buono.

– Brio, dovevi arrivare due minuti fa, ero lí dentro con Find...

– Agile, aspetta! – Brio mi blocca. – Guttalax!

– Cosa?

– Lo hanno preso, cazzo.

– Chi lo ha preso?

– Spavaldi, quel bastardo! Lo ha rapito.

In quel momento dall'altra parte del corridoio sento la voce di Findus, è sgattaiolato fuori dal bagno: – Adieu, vecchi coglioni, ve lo trattiamo bene il vostro amico, non vi preoccupate, – poi fugge verso le scale, con Sciabola e Uccello che ancora tossiscono. Faccio per inseguirli, Brio mi trattiene.

– No, fermo, è quello che vogliono.

– Ma come? E Guttalax?

– Ce lo riprendiamo, tranquillo.

In un colpo solo mi dimentico di Roma, di Flaminia Bocchi e di Rete Maria. E no, cazzo, senza Guttalax no, proprio no.

Ce lo riprendiamo sí, potete giurarci.

*La festa di Brio.*

Mi congedo con un sorriso e lascio lí Agile con Guttalax e Flaminia. Rubirosa si è allontanato insieme al generale De Michelis verso il buffet. Con la scusa di andare in bagno perlustro la zona. Ho già visto quello che dovevo vedere non appena siamo entrati, purtroppo. Non ho detto niente a nessuno: la prima regola per non farsi sabotare è quella di sabotare finanche i tuoi compagni di missione, tenerli tranquilli. Per la tua e la loro salvezza.

Mi riferisco a Findus. L'ho notato aggirarsi dall'altra parte della stanza, con lui Sciabola e Uccello, immancabili. Devo fare tre cose. Una: scoprire come hanno fatto a trovarci. Due: capire cos'hanno in mente. La terza: proteggere la nostra copertura e la vita dei miei amici. Comincia la caccia.

Prima mossa: rendermi irriconoscibile. Senza dare nell'occhio rubo una mascherina stile carnevale di Venezia appoggiata su un mobile, non ho idea di cosa ci faccia lí. Poco male: bisogna sfruttare l'ambiente circostante per sopravvivere, fare come la synanceia verrucosa, volgarmente conosciuta come pesce pietra, che diventa tutt'uno col fondale marino roccioso per sfuggire ai predatori. Me la infilo, è nera con i bordi dorati. Mi garantirà l'anonimato.

Mi dirigo al buffet, non vedo piú in giro Rubirosa e Sandruccio De Michelis, ma confido nell'astuzia di Rubi, non è uno sprovveduto. Approdo al tavolo scivolando tra la folla. Afferro la prima tartina al caviale, con discrezione la annuso. Accanto a me c'è una signora ingioiellata, mi regala un sorriso. Le porgo la tartina, ricambio il sorriso. Lei la mangia in un solo boccone.

– Grazie, gentilissimo, – sviolina, dopo aver finito di masticarla.

– Di nulla, è un piacere poter fare un gesto del genere per una bella donna.

– Mi lusinga, cosí...

– Dico solo la verità.

– Bella, la mascherina.

– La ringrazio, mi piace dare un tocco di mistero.

– Oh. E il suo nome lo posso domandare, signore misterioso? – sporge all'infuori le labbra piene di botox.

Bene, sono passati piú di dieci secondi. Le tartine non sono avvelenate. Ne sistemo qualcuna in un piattino.

– Scusi, mi chiamano di là, – indico un punto a caso della sala, liquido la tipa. In missione mai dare spazio alle donne, questo dovrei ripeterlo piú spesso a quella testa di cazzo di Agile.

Devo intercettare di nuovo Findus, non c'è tempo da perdere. Ispeziono veloce la sala. Un'occhiata a sinistra e c'è Guttalax, ha capito che bisogna lasciare Flaminia e Agile da soli. Un'altra a destra e lo vedo, di spalle. I capelli bianchi escono dal berretto della marina. La schiena riempie la giacca blu. Capitan Findus non è solo. Aurelio Spavaldi gli sta di fronte, parlottano fitto. Non lo vedevo da quasi trent'anni, ma la faccia di uno che ti ha trombato la moglie, dando inizio alla tua causa di divorzio, difficilmente la dimentichi. Ha perso qualche capello. Li tiene tirati all'indietro, il cranio quasi scoperto, rigato dal riporto che sfocia in una zazzera tutta unta. Si

è imbolsito, la camicia lo fascia aderente come una rulla-
ta di pellicola da cucina. Una cosa è rimasta identica: ha
gli stessi occhi celesti di allora, quasi bianchi. Pungenti,
subdoli, cattivi. Chi ha architettato questo piano è lui,
ne sono sicuro. Findus è solo un burattino nelle sue mani. Quell'uomo, Spavaldi, per danaro farebbe di tutto.
Dovrò aumentare il livello di guardia a codice rosso. Al-
lerta massima.

Finito di parlare, si spostano. Vanno al piano di sopra.
Sciabola e Uccello dietro, a guardargli le spalle.

Uno contro quattro. Non posso provare alcun assalto
frontale, ne uscirei con le ossa rotte. Posso solo limitarmi
a un'operazione REM: *Ricognizione e Monitoraggio*. Ingoio l'ultima tartina e scambio il piatto vuoto con un bicchiere di champagne pieno. Mi attacco alle loro chiappe,
a debita distanza salgo per le scale. Entrano in una sala,
Sciabola si gira all'improvviso, torna indietro sull'uscio,
fa un ultimo controllo. Me lo trovo a pochi metri, devio
bruscamente a destra, mi affaccio alla ringhiera e sorseg-
gio piano lo champagne, dal riflesso del bicchiere di cri-
stallo lo spio per tutto il tempo. Appena chiude la porta
mi volto, attendo un momento, mi lancio anche io verso
la stanza. Prendo un'ultima sorsata e svuoto il bicchiere,
mi avvicino, striscio quasi contro il muro, un tappeto mi
aiuta, attutisce i passi. Mi assicuro che nessuno mi veda,
poi capovolgo il bicchiere e lo attacco alla porta. Ci metto l'orecchio sopra. Le voci arrivano ovattate. Non riesco
a decifrare nulla di utile. No, piano da abortire, qui fuori
rischio troppo.

Stacco il bicchiere, lo lascio su un tavolino in mogano
e torno indietro. Li aspetto all'angolo. Mi fingo interessato a un dipinto appeso alla parete mentre mi sfila accanto
un signore. Al suo fianco, una donna bionda di un metro

e ottanta. Sorrido a entrambi per togliermeli di torno, ma il tipo si ferma.

– Le piace? – mi fa; non ha un solo capello in testa, il cranio tutto ricoperto di macchioline marroni.

– Chi? Lei? – indico la bionda, che non reagisce alla battuta, forse è straniera.

– No no, – il vecchio invece ride. – Dicevo il quadro.

– Notevole, – ci sposto sopra gli occhi.

– È un Cappasole, del primo periodo.

– Immagino il secondo...

– Come?

– No, niente, dicevo: certo, un Cappasole.

– Lei è un intenditore? Un collezionista?

– Un semplice estimatore –. La voglia di battezzare la fionda mi assale, da quando sono a Roma non l'ho ancora usata. Ma è una missione REM, mi sforzo di ricordarlo: profilo basso.

– Io a casa ne ho un paio, di Cappasole. Possiedo anche tre Giocchini e un De Fulvio, li ho presi a un'asta in Toscana lo scorso febbraio.

– Complimenti, non è cosa da poco oggigiorno avere un De Fulvio in casa.

– Può dirlo forte. Inoltre, sono in trattativa con un notaio di Castel di Sangro per un Urli, ma lí si va su cifre a sei zeri, sa... – si porta una mano sulla fronte.

– Be', sí, un Urli è sempre un Urli, – e, proprio mentre assecondo questo bavoso, dalla porta in fondo al corridoio esce Spavaldi, da solo. Si allontana a passo svelto dall'altra parte. Di Capitan Findus e i suoi nessuna traccia. Male, molto male. Quando si interrompe una routine e c'è un CDA, *Cambiamento di Attori*, vuol dire che sta per succedere qualcosa. Mi sbarazzo dell'esperto d'arte con una stretta di mano e imbocco il corridoio a tutto gas. Non ho un secondo da buttare, ho perso il contatto visivo con i miei: una situazione peggiore di questa non mi è mai capitata. Tasto la fionda, potrei vedermi costretto a usarla da un momento all'altro.

Spalanco la porta della stanza in cui si erano radunati: vuota, come sospettavo. Mi scapicollo all'inseguimento di Spavaldi, non lo vedo piú, la musica aumenta, è un delirio. Vado verso le scale, un trenino di vecchi senza dignità quasi mi investe. Mi sporgo a destra e sinistra, ma niente, non vedo piú nessuno dei miei obiettivi. Comincio ad agitarmi, mi faccio spazio tra la calca a gomitate, qualcuno se la prende, non ho tempo per le scuse. Riesco ad arrivare al piano inferiore, se possibile ancora piú gente, che balla, si dimena. Su due tavoli vengono fatti salire una ragazza mezza nuda e un ragazzo, in mutande, esplosioni di coriandoli celebrano il momento. Una massa di decrepiti a osannarli, che avranno da festeggiare? Non vedo Agile e Flaminia, ma di questo non mi preoccupo. Se le cose sono andate come sperava quel vecchio innamorato, adesso avrà guadagnato un po' di intimità. Nemmeno Rubi mi preoccupa, lui magari l'intimità l'avrà guadagnata con qualche over sessanta appena incontrata. Di Guttalax neppure l'ombra, e questo sí che mi inquieta. Non è mai stato senza di noi per piú di venti minuti. Montepulciano è sparito quasi subito, chissà dove si è cacciato per telefonare.

Provo ad andare di nuovo al piano di sopra. Una spallata mi rallenta. Mi volto, un signore ingobbito in una giacca verde sparisce divorato dalla folla. Non ho nemmeno il tempo di vedere che faccia abbia. Sento qualcosa su un fianco, mi tocco: ho una busta bianca in tasca. Mi defilo un po', tanto qui nessuno fa caso a me, sono tutti impegnati a contorcersi come capitoni.

Apro la busta e leggo. Il corsivo di una penna stilografica dice che Guttalax è stato rapito, e che se vogliamo rivederlo dobbiamo incontrarci ai Fori Imperiali all'alba. Merda. C'è scritto anche di venire da soli e le solite cazzate di rito. Sempre piú merda. Mi guardo il Festina al polso: l'alba è tra qualche ora. Merda merda merdissima. La firma, manco a dirlo, chiara e leggibile: Aurelio Spavaldi. Devo trovare gli altri, di corsa. Li cerco furiosamente tra le stanze, ma nulla. Imbocco un corridoio, che non avevo battuto prima, e all'improvviso sento una botta sorda. Un'esplosione nel mezzo di una festa può essere solo lavoro per Brio. Tiro fuori la fionda dalla giacca, la armo con una biglia. Giro l'angolo e vedo Agile uscire di corsa da una nuvola di polvere, si tiene un braccio sul viso. Gli vado incontro.

– Brio, dovevi arrivare due minuti fa, ero lí dentro con Find...

– Agile, aspetta! – gli afferro le spalle. – Guttalax!

– Cosa?

– Lo hanno preso, cazzo.

– Chi lo ha preso?

– Spavaldi, quel bastardo! Lo ha rapito.

All'improvviso la voce di Findus: – Adieu, vecchi coglioni, ve lo trattiamo bene il vostro amico, non vi preoccupate, – lo vediamo scappare per le scale insieme ai suoi scagnozzi. Agile fa per inseguirlo, io lo agguanto e lo tiro a me.

– No, fermo, è quello che vogliono.

– Ma come? E Guttalax?

– Ce lo riprendiamo, tranquillo, – gli dico, prima di assicurarmi che si sia calmato. Poi lo lascio, lui si sfrega gli occhi con le mani, dice che gli bruciano. Deve aver usato una delle carte esplosive per tirarsi fuori da qualche guaio con Findus. Sto per chiedergli cosa sia successo, quando sento la voce di Rubirosa chiamarci da lontano.

– Voi due, ¿todo bien? – ci raggiunge, ha il colletto della camicia sbottonato, si ricompone velocemente, la giacca piegata su un braccio. – Ho sentito la botta fin da laggiú, ¡coño! – e si butta un pollice dietro le spalle, dove c'è una porta aperta da cui esce, circospetto, il generale Sandruccio De Michelis. Si ferma lí e china il capo, non dice niente. Io e Agile guardiamo prima lui, poi Rubirosa.

– Be'? – domanda Rubi, intanto si rimette la giacca e raccoglie il bastone spada che aveva appoggiato contro il muro.

Proprio in quel momento, dalla stanza escono anche un paio di vecchie. Sgattaiolano via ridacchiando. Una lancia un bacio a Rubirosa. Poi, ancora, sfila una mulatta sui trenta, capelli ricci tutti sparati, mezza nuda e con una scimmietta sulla spalla.

– Manca qualcuno? – chiede Agile.

– No, dovremmo essere tutti, – Rubirosa, appagato.

– Voi siete vivi, perfetto. Ma Gutta dov'è?

– Lo hanno rapito, – lo aggiorno. – Spavaldi, quel detective al soldo di Findus, è stato lui.

– Puta mierda!

– E tu dove cazzo stavi, maniaco sessuale iberico? – Agile alza la voce, la cattura di Guttalax lo ha sconvolto, non lo vedevo cosí da secoli.

– Io ero a fare un'orgia con Sandruccio e delle amiche, – risponde Rubi.

Agile si mette tutte e due le mani sulle guance, io mi gratto la testa. Dobbiamo inventarci un piano per strappare Gutta a quei maledetti. Costi quel che costi.

## 12.

*La festa di Rubirosa.*

Para mi compañero Agile mi sembra il minimo. Prendo sottobraccio questo simpaticone di Sandruccio De Michelis e me lo porto a spasso verso il tavolo del buffet, in fondo alla sala. Speriamo che Brio si sganci a breve, con quel rincoglionito di Gutta, cosí Agile e su mujer resteranno finalmente da soli. Sandruccio viene con me con un bel passo svelto, yo con il bastone in mano sembro uscito da un musical di Broadway. Dribbliamo un po' di invitati ubriachi e planiamo sul cibo come dos perros del desierto. Il gruppo che suona è di mio gradimento, lo ammetto, era da un bel po' che non trovavo una fiesta con la musica latina, la musica de mi sangre. Tutti intorno a me sono allegri, anche Sandruccio baila. E non dimentichiamo la cosa piú importante: questa fiesta è strapiena di vulva. Vulva che si serve da mangiare, vulva che balla, vulva che ride e parla. Vulva, insomma, avete capito. L'età media sarà sui sessantotto anni, proprio le mie preferite. Da come mi guardano c'è poco da fraintendere, ognuna di loro vuole un pezzo di Rubirosa, e io sono qui per questo, ¿vale?

Il generale De Michelis si strafoga di tartine e tramezzini ai gamberi, yo tiro fuori l'astuccio con il Viagra dalla tasca della giacca e, facendomi vedere proprio da quella bella signora uguale identica a Nilla Pizzi, ne metto in bocca un paio di pillole. Después agarro un vaso de champán, me lo bevo d'un fiato e butto giú le capsule. ¡Olé! Ora si comincia a fare sul serio, anche perché devo tenere lontano il generale da Flaminia per un bel po'. Non crederete mica che butterò via tutta la festa senza scegliere la piú bella e sedurla, ¿verdad?

Appena sento che lí sotto comincia il mio personale party, vengo avvicinato da una ragazza mulatta, me parece cubana, un cespuglio di capelli neri in testa, le labbra carnose, occhi da gatta, muy eccitante, ma è troppo giovane, avrà trent'anni o poco piú, le do giusto una guardata al davanzale e poi torno a puntare una signora dall'altra parte del buffet, che ha una scollatura de puta madre su tette oneste, belle naturali. E mi sta mangiando con gli occhi, buongustaia. La mulatta mi dà una gomitata, fa l'occhiolino. Sulla spalla ha una scimmietta accovacciata. Vaya! Questa mi mancava. Sandruccio continua a mangiare, non si accorge di niente. Poi, la ragazza si avvicina all'orecchio e mi sussurra: – ¿Cómo te llamas? – ha la voce piú calda di un termosifone.

– Puedes llamarme Rubirosa, o si prefieres Rubi, es lo mismo.

– Oh, ¿hablas español?

– Claro.

– Bueno... ¿te gustaría una aventura? – e lo dice con questa voce che lo farebbe venire duro persino a una donna.

– Estoy siempre listo para una aventura, yo... – è tempo di rispondere colpo su colpo.

– Sígueme.

– Vale.

E prima di darmi le spalle si infila una mascherina nera, di quelle da carnevale. Me ne porge altre due: – Para tu amigo también.

Agarro Sandruccio per un braccio e a quello quasi va di traverso un boccone di salmone, mi chiede spiegazioni, gli rispondo allungandogli una delle due mascherine.

– Mettitela, – non aggiungo altro.

– Perché?

– Non lo so ancora, ma tu mettila, qualcosa di buono ne uscirà, confía en mí –. Quando il Viagra comincia a farmi effetto divento piú convincente di un venditore di Folletto, ¡Dios!

Sandruccio De Michelis si stringe nelle spalle, senza preguntarme nada más se la infila, sorride, me parece feliz. ¡Olé! Yo rigiro la mia tra le mani, la osservo, e mentre seguiamo la ragazza con la scimmia sulla spalla, diretta al piano superiore, la abbandono sopra un mobile. Non mi serve l'anonimato. Se c'è qualcosa dove posso metterci la faccia, yo ce la metto. Seguro.

Sandruccio con la maschera sembra l'autopsia di Zorro, ma tutto sommato gli dona. Si è vestito con la divisa dell'esercito, un miliardo di medaglie appuntate sul petto. ¡Cabrón! La scimmia ogni tanto si volta e mi guarda, fa versi strani, come per ridere, assomiglia a Uccello quando finge di sganasciarsi. Mi è simpatica, credo molto in lei.

La ragazza ci scorta fino a un corridoio meno illuminato, deserto. Raggiunge una porta, arpiona la maniglia, ci fissa: – ¿Listos?

– Che? – Sandruccio si nasconde dietro di me.

– Listos, vuol dire «pronti».

– Per cosa? – Avrà pure solcato i cieli di tutto il mondo, questo qui, ma in fondo è un cagasotto, si vede.

– Chi lo sa, entriamo e vediamo, no?

– Uhm, sicuro?

– No, – lo spingo verso la porta, che ora è spalancata, la tipa ci fa segno di entrare. – Però vediamo che c'è lí dentro, me muero de curiosidad.

La ragazza con la scimmia chiude la porta alle nostre spalle. La camera è buia, non si vede granché, da una tenda bianca filtra la poca luce che arriva dalla strada. La musica del piano inferiore echeggia lontana, quasi non si avverte más. Sento risate soffocate, sospiri, mugugni. Una cosa sola está segura: non siamo gli unici, qui dentro. Sandruccio si aggrappa a me, quasi trema.

– Ma dove siamo?

– A casa della tua fidanzata, amigo –. Certa gente non la pianterà mai di fare domande inutili.

– Sí, ma qui è tutto buio, e poi sento delle persone, ecco, ora sento qualcosa che mi tocca una gamba... – stringe ancora di piú il mio braccio. C'è una sola cosa da fare, in questi casi.

– Tieni, – gli passo una pillola blu. – Manda giú.

– Cos'è?

– ¡Tú siempre preguntando! Ingoia e zitto, – e gli infilo yo mismo la pasticca in bocca, poi gli pianto una mano sulle labbra finché non la ingoia. E anche questa è fatta. Ora cerchiamo di capire dove siamo finiti e cosa sta per succedere: la parte migliore.

Faccio un paio di passi con il bastone in avanscoperta, non vedo quasi niente, sento un fruscio di lenzuola. Urto con gli stinchi qualcosa, lo tocco, un letto. La cosa comincia a farsi interessante. Qualcuno mi prende per la giacca, mi trascina verso il materasso. Lascio cadere in terra il bastone e mi dejo guidar. Se dev'essere, che sia fatto bien, no? Diverse mani mi strofinano il petto, una bocca si appoggia sul mio collo, e per fortuna è la bocca di una donna, a giudicare dalle tette che ci sono subito abajo. Cominciamo a baciarci, prima piano, poi fuerte, appassionatamente. Altre mani mi accarezzano la schiena, e queste non so proprio di chi siano. Sento la voce della mulatta, dice qualcosa alla scimmia, forse di saltare giú, non sono molto ricettivo verso i discorsi degli altri, in questo momento. Mi capita sempre cosí quando sono impegnato a slinguazzarmi con una mujer.

– Sandruccio! – mi stacco un momentito dalla bocca della sconosciuta. – Vieni qui, coraggio, ce n'è una proprio dietro di me, te la lascio se fai il bravo –. L'idea di fare un'orgia con un generale dell'aeronautica militare, non so perché, mi diverte. Ma a me diverte quasi tutto, quando se habla de orge. Come quella in cui mi ritrovai coinvolto a Tangeri, dieci anni fa: che spasso, chicos, non potete neanche immaginare. Vi dico solo tre cose: Rubirosa, due gemelle novantenni, una stampella. ¡Olé!

Il generale De Michelis balbetta qualcosa, il letto si affatica per il peso di un'altra persona. Sarà lui, forse. O forse no, è questo il bello. Mi spoglio, sento che la signora di fronte a me fa lo stesso. In pochi secondi siamo avvinghiati, mezzi nudi, la sua pelle è meravigliosamente rasposa, come la lingua di un gatto, perfetto: è una over sessantacinque, meglio di cosí? Riconoscerei la pelle di una over sessantacinque anche toccandola con il quinto dito del piede sinistro. Lei mi agguanta il petto, me lo graffia, è smaniosa e continua a scendere con la mano. Dopo qualche istante arriva all'obiettivo. Lui è pronto, claro. Con centosettantanove euro di farmacia spesi, vorrei vedere. Lo tengo sempre pronto, notte e dí, non sai mai quando puoi trovarti in un'orgia in maschera, come dico sempre yo. Appena entro dentro la over, lei fa un sussulto di piacere che riempie tutta la stanza. ¡Olé! Accanto a me sento Sandruccio che si dà da fare con la sua. Qualcosa mi sfiora dietro il collo, brividi mi scorrono sulla schiena fino alle chiappe.

– E lasciatemi stare, su, – rido, provo a scacciare quelle dita dal collo, dalla schiena, dal culo, ma niente, insistono. – Soffro troppo il solletico, per favore, – e continuo a ridere. Fortuna che il Viagra è duro a morire, altrimenti sarebbero guai seri.

Cerco con la mano l'interruttore di una lampada sul comodino. Tastando a caso, butto all'aria qualcosa che cade al suolo e si rompe, scoppia in mille pezzi, doveva essere di vetro, una cornice, non so. Finalmente trovo un bottone, lo premo, senza pensarci due volte. Un abat-jour rischiara appena la stanza, una luce cosí fioca che a stento illumina la parte del letto dove sono io. Sotto, mi ritrovo una bella signora con i capelli rojo fuego, sorride beata (e ci credo: di Rubirosa ce n'è uno solo). Sopra, e intendo sulla spalla, la scimmia di prima. Cazzo, ha gli occhietti che mi fissano e un ghigno che mostra denti appuntiti. D'istinto, provo a colpirla per allontanarla, ma lei è velocissima e mi schiva saltandomi sull'altra spalla. Provo a prenderla in tutti i modi, mi alzo dalla rossa che protesta, mi vorrebbe ancora lí, ma io devo acciuffare quella scimmia de puta mierda. La luce, intanto, è diventata piú forte. E cosí lo vedo: Sandruccio, braccia e gambe a quattro di bastoni, inerte sotto una vecchia che gli sta praticando una respirazione bocca-cazzo di quelle serie.

– Generale! – lo incito. Altro che l'autopsia di Zorro. Però si potrebbe togliere almeno la divisa. Glielo faccio notare.

– Mi aiuti, la prego, – mi guarda con gli occhi del panico, sgranati, il viso bianco come un cielo d'inverno in Veneto.

– Por qué, scusi, non le piace?

– No, per l'amor del cielo, mi aiuti! – La signora al piano di sotto non accenna a staccarsi, forse servirà una fiamma ossidrica. In tutto questo, la mulatta sta filmando la scena dall'angolo della stanza, seduta su una poltrona. Le faccio ciao con la mano.

– Andremo in tivvú o su... coso, come si chiama...

– YouTube, – fa lei. – Sí, en Internet, claro, yo tengo un sitio web que se llama viejoscalientes punto com, conoces?

– No, pero me encantaría verlo...

– La prego, signor Rubirosa, mi aiuti –. Ah, vero, dovevo ayudar Sandruccio.

Mi avvicino per provare a convincere la sua amante a mollare la presa, quando sento un poderoso boato arrivare da fuori. Tutti nella stanza si arrestano, persino la donnaventosa. Solo certe persone possono produrre un boato come questo durante una festa en una casita en el centro de Roma. Mis amigos. Mi infilo alla bene e meglio i pantaloni, mi metto la camicia e mentre la abbottono afferro la maniglia per uscire.

– Generale, si rivesta, svelto –. De Michelis mi guarda terrorizzato. Raccolgo il bastone ed esco, muy rápido.

Una coltre di fumo si va diradando in fondo al corridoio. Delle sagome si muovono nella polvere, ma non distinguo granché. Mi avvicino, quel tanto per capire che sí, ovviamente, sono loro. Agile si sfrega gli occhi con le mani, Brio gli sta di fronte. Li raggiungo di corsa.

– Voi due, ¿todo bien? – chiedo sistemandomi il colletto della camicia. – Ho sentito la botta fin da laggiú, ¡coño! – indico la stanza alle mie spalle, da cui vedo uscire, mortificato, Sandruccio De Michelis. Agile e Brio guardano prima lui, dopo me.

– Be'? – hanno delle facce strane. Do una lisciata alla giacca e riprendo il bastone, che avevo appoggiato lí vicino per rivestirmi.

Proprio in quel momento, dalla stanza escono la mia roja e la ventosa di Sandruccio. Passando di corsa, la mia aman-

te mi lancia un bacio, io lo catturo col pugno. La ventosa
fa lo stesso con il generale De Michelis, che china ancora
il capo, umiliato.
– Manca qualcuno? – mi chiede Agile, pare incazzato,
e pure tanto.
– No, dovremmo essere tutti. Voi siete vivi, perfetto.
Ma Gutta dov'è?
– Lo hanno rapito, – s'intromette Brio. – Spavaldi, quel
detective al soldo di Findus, è stato lui.
– ¡Puta mierda!
– E tu dove cazzo stavi, maniaco sessuale iberico? – Agi-
le alza la voce, manca poco che mi salti addosso per riem-
pirmi di botte. Me parece davvero fuori di sé.
– Io ero a fare un'orgia con Sandruccio e delle amiche –.
Lui si spalma tutte e due le mani in faccia.
Brio si gratta la testa, poi mi prende per una spalla. L'al-
tra mano la piazza su quella di Agile.
– Non abbiamo tempo per farci la guerra tra noi, – dice,
la spalla inizia a tremarmi. – Dobbiamo farla a Spavaldi e
Findus. Mi hanno recapitato una lettera, c'è scritto dove
porteranno Gutta. Ci hanno dato appuntamento all'alba
ai Fori Imperiali, Spavaldi ci ha scritto di andare da soli
e non fare scherzi.
– E nosotros? – pregunto.
– E noi andremo lí da soli, certo, ma uno scherzo glielo
faremo, – lo sguardo di Brio è sempre quello di uno che
sta per sganciare un'atomica su una città di dieci milioni
di persone.
– Perché, avevamo dubbi? Andiamo a spaccare il culo
a quei ciucciacazzi, forza, – Agile suona la carica, è il migliore in questo genere di cose, ammettiamolo.
E su «ciucciacazzi» Sandruccio De Michelis trasalisce.

Lo guardo, faccio il gesto di cucirmi le labbra. Uno dei credo más forti de mi vida es: quello che succede dentro un'orgia, rimane dentro l'orgia. Non potrei mai tradirlo, anche se si bomba la mujer del mio amigo.

Ma ora questo non conta piú niente, dobbiamo andare a riprenderci Guttalax ai Fori Imperiali, all'alba. Me gusta mucho esta cosa. Parece una película de Sergio Leone, ¡coño!

13.

*La festa di Guttalax.*

Quanto mi piace ballare. È come passeggiare sulle nuvole, mi fa sentire di nuovo giovane, quando andavo alle
feste di compleanno dei miei amici e si finiva per ballare
tutta la sera. La fidanzata di Agile, Flaminia, è bellissi-
ma. Sono proprio contento che siamo venuti a trovarla,
in questa grande casa di Roma. E poi loro due si amano
tanto, si vede da come si parlano, da come si guardano. È
bello che Dino abbia una persona cosí speciale al mondo,
mi fa venire voglia di abbracciarli tutti e due. Sto ballan-
do con Flaminia, Dino ci guarda due passi piú indietro e
mi fissa: si sta divertendo un sacco qui con noi due, lo conosco. A un certo punto mi dà pure una pacca sulla spalla,
mi chiede se voglio qualcosa da mangiare. Che gentile è il
mio amico. Io non ho fame, ma forse lui sí, a Dino piace
molto mangiare, è il caso che vada a prendergli qualcosa.
Lascio Flaminia nelle sue mani e punto verso il buffet.
Non appena mi allontano cominciano a tubare come due
piccioni innamorati.

Il tavolo è pieno di roba e io non so proprio da dove
cominciare. Vediamo, cosa piace a Dino? I rusticini con
le verdure no, lui dice che le verdure sono per i vecchi
che guardano i programmi salutisti alla tele per stare bene e combattere la carenza di ferro. Le tartine con il sal-

mone nemmeno, lui odia il pesce, gli ricorda troppo Capitan Findus, che non ha esattamente in simpatia, ci litiga spesso a Villa delle Betulle, a volte si dicono persino delle parolacce. I tramezzini con i gamberi sono esclusi per lo stesso motivo. Giro con lo sguardo tra i vassoi e a un certo punto trovo la soluzione. Ci sono le pizzette. Prendo un piatto e lo riempio di pizzette al pomodoro con la mozzarella, lui va matto per la pizza, lo dice sempre.

C'è un po' di caos perché Montepulciano sta litigando con il gruppo che suona; lui ha chiesto un po' di silenzio dato che era al telefono con il presidente Obama e la musica lo infastidiva parecchio. Ora io mi chiedo: ma come fa Montepulciano ad avere il numero di Obama? Oppure, forse, potrebbe essere che lui non lo abbia, e che Obama abbia il suo. Ma mi pongo la stessa domanda: come fa Obama ad avere il numero di Montepulciano? A ogni modo, ora devo portare da mangiare a Dino. Con il piatto in mano passo tra gli invitati, che ballano felici nei loro vestiti elegantissimi e scintillanti. Torno dove ho lasciato Flaminia e Agile a parlare, ma non li trovo piú. Resto col piatto pieno di pizzette in mano a guardarmi intorno, ma niente, svaniti. E adesso? Non vedo piú neanche Rubirosa e Sandruccio, quell'uomo tanto simpatico che abbiamo conosciuto oggi. Oggi è la sua festa di compleanno, e noi non gli abbiamo neanche fatto un regalo, che brutta figura. Cerco i miei amici: «Agile? Rubi? Brio? Ci siete?», grido ogni tanto, ma non li trovo, incontro solo vecchietti che mi invitano a bere un calice di champagne o a fare quattro salti con loro. Qua e là domando a qualcuno se li ha visti, glieli descrivo, ma nessuno sa niente.

Con il bicchiere in mano mi riposo su una sedia lontana dal trambusto, mi fanno male i piedi in questi mocassini nuovi che abbiamo comprato dai cinesi. E poi è bello guardarle divertirsi da qui, sembrano un mare, teste bianche (gli uomini) e colorate (le donne), che saltano e scendono, saltano e scendono, saltano e scendono. Ogni tanto faccio una sorsata di champagne mentre mi godo lo spettacolo. Dovrò dirlo alle Miserabili Monache, una volta tornati, di organizzare una festa come questa per farci stare meglio. Funzionerebbe, ci giurerei.

Mentre sono lí che bevo e penso, si avvicina un signore piuttosto in carne, grassottello, un viso rotondo con due occhi chiarissimi, quasi grigi, a illuminarlo di una luce strana. Si siede accanto a me.

– Bella festa, – commenta.

– Certo, molto, si sta divertendo anche lei?

– Dammi del tu, mi chiamo Aurelio.

– Bene, Aurelio, ti diverti tu?

– Molto, sí.

– Le pizzette sono buonissime.

– E non hai ancora provato gli involtini con la rucola e la mozzarella.

– Uh, non li ho visti prima, sul tavolo.

– Sono su un altro tavolo, infatti. Ti accompagno, vuoi? – allunga un braccio verso il corridoio che porta all'uscita.

– Grazie lo stesso, sto aspettando i miei amici.

– Ci ho parlato io con loro, mi hanno detto di dirti di non aspettarli, che vi vedete direttamente fuori, dopo.

– Chi te l'ha detto?

– Agile.

– Uh, Dino, – mi alzo in piedi. – Be', se te lo ha detto lui.

– In persona. Seguimi.

– Certo, Aurelio, andiamo dagli involtini? – Che simpatico, questo Aurelio.

Mi scorta verso l'uscita. Sulla porta passa una busta bianca a un altro signore. Gli dice: – Mi raccomando –. Il tizio la afferra, fa sí con la testa e si allontana.

Prima di uscire, gli chiedo: – Per chi era quella lettera, Aurelio?

– Per Babbo Natale, – dice lui, e mi continua a spingere giú per le scale, aumenta il passo.

C'è qualcosa che non mi torna in questa faccenda. Tanta fretta per andarcene via, la busta lasciata cosí, quasi di nascosto, a quel signore, gli involtini rucola e mozzarella che non sono insieme alle altre pietanze, ma sul tavolo di un'altra casa, evidentemente. E poi, soprattutto: siamo in primavera. Mi sembra un po' presto per spedire una lettera a Babbo Natale, no?

14.

*La festa di Montepulciano.*

Per tutta la festa, Montepulciano ha fatto quello che
gli diceva la testa.

## 15.

– Agile, ti muovi?

– Arrivo, Brio, – rispondo.

Usciamo dal palazzo a tutta velocità, anche se non ho la minima idea del perché abbiamo questa fretta dato che non sappiamo come cazzo fare per riprenderci Gutta. Cioè, sappiamo dove andare e quando, ma una volta lí cosa faremo? Di sicuro Findus vuole farci arrendere, consegnarci alle MM e vantarsi di aver mandato all'aria il mio piano fino al giorno della sua (spero imminente) morte.

Fuori troviamo Montepulciano ad aspettarci: il culo appoggiato al cofano di una vecchia Alfa Romeo e lo sguardo del barbone che sa cosa deve fare. Due signore in pelliccia lo guardano schifate. Che cazzo ci avranno da guardare? Bambole, siete vecchie, sveglia: potete spalmarvi addosso anche un cappottino di diamanti, non brillerete mai piú come quarant'anni fa.

– Amici, lottatori, compagni di merende, – Montepulciano ci viene incontro allargando le braccia. – Appollaiamoci qui, preghiamo, – giunge le mani, china il capo.

Ve l'ho detto: barbone che sa esattamente cosa fare. Sparare stronzate.

– Monte, per favore, siamo nella merda, – questo sono io, Guttalax non me lo dovevano toccare. – Abbiamo perso uno dei nostri…

E lui nemmeno mi lascia finire: – Colui che chiamate Guttalax l'ho visto uscire con quel signore rubicondo, ridevano e scherzavano, gaudenti come due bertucce in fase di eiaculazione multipla.

– E perché diavolo non hai fatto qualcosa?

– Facile, compagno d'arme mio, – con un salto sale sul cofano dell'Alfa e comincia a danzare librandosi da un'auto all'altra. – Perché è quando il ragno fa la tela che la mosca deve star lontana e svolazzare altrove, sulla merda.

Di sicuro c'è una metafora che mi sfugge, al momento, ma sono troppo incazzato. Chissà quei bastardi cosa gli staranno facendo, a Gutta, ora. Findus lo starà avvelenando con delle triglie andate a male. Se gli torce anche solo un capello, lo giuro, gli stacco la testa con le mie mani e la do in pasto alle trote.

Brio controlla l'orologio: – Manca poco, cominciamo ad andare, i Fori Imperiali non sono vicinissimi, e dobbiamo studiare un posizionamento strategico. Non saranno soli, quei vigliacchi. Avranno portato l'artiglieria pesante.

Be', mobilitassero pure i marine, noi tre cosí incazzati siamo peggio di uno sciame di api a cui hanno dato il vinavil al posto del miele. Non so se ho reso l'idea. E dalla nostra mi pare di capire che avremo anche Montepulciano, per come si sta rigando le guance con il grasso che ha ricavato dalla marmitta di una Opel Corsa parcheggiata qui vicino. Si fa due strisce per lato, come un indiano, e si lega in fronte il laccio di una delle sue scarpe. Poi addirittura se le toglie entrambe e le dà in mano a Brio, che mi guarda come a dire: «Che cazzo devo farci con le scarpe di un barbone?» E io ricambio con l'unico sguardo che mi viene fuori, quello che fa piú o meno: «Ma che cazzo ne so io, amico?» Fatto sta che Brio le butta lí vicino e scrolla le spalle.

– Monte, non credi possano esserti utili le scarpe?

– Quando un uomo non sente sotto le sue piante il mondo, quello è un uomo che ha rinunciato a camminare –. Si mette in marcia, punta un dito di fronte a sé: – Ai Fori, gladiatori!

Rubirosa e Brio lo seguono, in effetti è stato convincente. Mi piazzo dietro di loro anche se, di solito, sono io quello che suona la carica in frangenti come questo. Ma va bene, Montepulciano è come un guerriero venuto dall'Oriente, uno di quelli che lacerano giugulari mantenendo il cuore sereno, immune all'ira e al rancore. E in questo momento è proprio quello che ci serve; un vero leader sa quando deve farsi da parte. Non credevo la prigionia di Gutta mi potesse rendere cosí saggio.

Adesso, però, andiamo a fracassare qualche culo.

## 16.

Mentre attraversiamo una deserta piazza Venezia mi ricordo che tra qualche ora, proprio qui, dovrò tener fede alla mia parola con Flaminia. Dovrò sorprenderla. Nel tragitto ho spiegato qualcosa in proposito a Brio, Rubi e Montepulciano, ma la tensione è troppo alta, dobbiamo prima recuperare Gutta. Anche perché, se si vince, si vince tutti. Se perde, anche uno solo di noi, si perde tutti. In qualche modo faremo, sono di nuovo con loro accanto, le nostre menti deviate elaboreranno effetti speciali. Per il momento, un'unica priorità: riprenderci il nostro uomo.

Brio è preoccupato, la presenza di Montepulciano lo allarma, lui è uno che agisce secondo il principio di azione e reazione, secondo le tecniche dell'*Arte della guerra* di Sun Tzu. Montepulciano no, lui fa quello che gli dice la testa, è una cellula impazzita all'interno di un organismo perfetto, la striscia di marmellata in mezzo alla torta Sacher (forse questa non c'entra nulla, ma a me piace molto la torta Sacher, problemi?) Mi rendo conto della differenza che li divide, apparentemente, ma quei due, che ora avanzano fianco a fianco davanti a me e Rubirosa, sono destinati a fare grandi cose insieme, lo sento. Sono una strana coppia, tipo il poliziotto in servizio da trent'anni, inappuntabile, e l'altro appena uscito dal manicomio criminale. A ogni modo, quel vecchio tremolante e quel barbone mistico si completano a vicenda, si vede lontano chilometri, devono solo accorgersene e quando accadrà per Findus e Spavaldi sarà la fine.

A un certo punto il telefono di Brio suona nel silenzio di Roma alle quattro del mattino. Solo i semafori a lampeggiare di giallo e qualche motorino che ronza via in lontananza. Ci voltiamo tutti verso di lui: il cellulare di Brio non ha mai squillato da quando lo ha comprato, mai una volta. Per qualsiasi tipo di operazione è lui a chiamare, non lascia il suo numero. È una questione di sicurezza, dice. Infatti non se ne accorge, resta impalato con il naso per aria.

– Guarda che è il tuo, – gli indico i pantaloni. – Non stai vivendo un'esperienza extrasensoriale con l'aldilà.

– Oh, – se lo caccia dalla tasca, scruta il display: è un messaggio.

Brio resta pietrificato per qualche secondo, molti secondi, non un paio come quasi sempre ci capita; quando sei vecchio reagisci alle cose con qualche istante di ritardo, in differita, come se l'emotività ti arrivasse via satellite.

– ¿Qué pasa? – Rubirosa è il primo che ha il segnale attivo nel cervello.

– Già, parla! – io quasi lo spintono.

– È un messaggio –. Dio mio, è veloce solo quando deve progettare di far brillare qualcuno, il resto delle volte è lento come un pensionato qualunque. – Un emmeemmeesse, – aggiunge.

Un Mms. Cioè? Rifletto ma non collego l'acronimo a nessuna missione in corso, passata, o futura. – Che vuoi dire, Brio? Mms? Miserabili Monache Soppresse? Buone notizie, quindi?

– No. È un messaggio con allegata un'immagine, una foto –. Merda, peccato.

– Ah, che foto è?

– Guarda, – gira il cellulare verso di me.

C'è Gutta, il solito sorriso beota, dietro c'è uno sfondo bianco. Mostra felice sotto il mento una copia del «Messaggero», credo di oggi, ma già non vedo un cazzo quando qualcosa è bello grande, figuriamoci quando è sullo schermo di un cellulare. Nel messaggio c'è aggiunto di non fare scherzi, ché Guttalax sta bene, per ora. È quel «per ora» che mi fa salire il sangue al cervello.

– Muoviamoci, – ordino.

Il resto della banda non fa domande, Montepulciano mi afferra un polso: – Te lo giuro sull'onore della mia gente: prima che il sole sorga del tutto, l'uomo che chiamate Guttalax tornerà nelle vostre schiere –. Poi fissa Rubirosa e Brio, alza un pugno al cielo: – AUH! AUH! AUH! – strilla, la sua voce riecheggia in tutta Roma. – Spartani! – ci invita a seguirlo.

Superiamo piazza Venezia e imbocchiamo via dei Fori Imperiali, di fronte a noi il Colosseo ancora illuminato di giallo mentre il cielo comincia, piano, a schiarirsi. Roma dorme ancora, noi no.

– Cazzo, – mi scappa un pensiero ad alta voce. – E Gutta che lo voleva vedere, il Colosseo.

– Lo vedrà, stai tranquillo. Piuttosto, ci muoveremo cosí, – Brio si ferma, ci fa mettere in cerchio. – Io e Rubi andiamo a parlare con Spavaldi. Tu, Agile, vieni da sinistra, – mi indica in lontananza un accesso laterale ai Fori. – Procurati qualcosa per combattere, conosci tutte le procedure che potrebbero esserti utili.

– Certo, – sono concentrato.

– E ricordatevi che, se qualcuno resta indietro, resta indietro.

Io e Rubirosa facciamo sí con la testa.

– Tu, Montepulciano, – Brio sbuffa un po' d'aria e paura.

– Ascoltami, tu verrai da destra, da lí, – gli indica una discesina che aggira l'ingresso principale. – Tu e Agile fino al mio segnale non fate niente, per il momento. Ma dobbiamo essere pronti ad accerchiarli.

– Bene, – sono sempre piú concentrato.

– L'unico problema è che non abbiamo idea di quanti siano, di quali armi abbiano, di cosa vogliano da noi.

– Vogliono consegnare i nostri culi su un piatto d'argento alle Miserabili Monache, Brio, è chiaro, – dico io.

– Probabile, ma vediamo come si mette, in battaglia bisogna sempre adattarsi alle mosse del nemico, lo dice Sun Tzu.

– Occhei, ma con lui? – abbasso la voce, indico Monte, tanto lui non ci sente, si è inginocchiato e sta auscultando l'asfalto con un orecchio, ha gli occhi spiritati. – Lo sai, no, lui fa quello che...

– Sí, Agile, lo so che lui fa quello che gli dice la testa, non c'è bisogno che lo ripeti ogni volta, lo so, maledizione, sí che lo so... – Brio si porta una mano sulla fronte.

– Con lui, speriamo bene, che ti devo dire?

– ¡Adelante, compañeros! ¡Todo saldrá bien! – ci pensa Rubirosa a darci un po' di carica, stavolta. Ma sí, andrà bene, anche con Montepulciano a fare la mina vagante.

– E poi mal che vada, – Brio ridacchia, – possiamo sempre far saltare in aria Gutta: la bomba, ricordate?

– Brio.

– Era per ridere, dài.

– Ridiamo dopo, ora dobbiamo combattere. Coraggio, ai posti –. Che capo, oh.

E do ufficialmente il via all'operazione *Salvataggio Guttalax*. SG, da adesso in poi.

Lascio Brio e Rubi andare verso l'ingresso principale, mi defilo, faccio il giro largo, è quasi mattino ma la luna resiste lassú. Montepulciano si è strappato la camicia lercia e, a petto nudo, è partito nella direzione opposta alla mia.

Mi abbasso e passo sotto una ringhiera, entro nei Fori, mi acquatto dietro i resti di una colonna, tra i piedi mi trovo un paio di secchi e una pala. Finalmente una botta di culo. La afferro, mi sarà utile. Da qui posso vedere i miei amici sgattaiolare, due ombre, in mezzo alle rovine dell'Impero Romano. Monte da qui non posso controllarlo, ma non ha ancora attirato l'attenzione, prima gli abbiamo anche fatto mettere il silenzioso al cellulare.

Tutto tace, i primi uccellini riempiono a sprazzi il cielo terso di questa alba primaverile. Ogni tanto lo strillo di un gabbiano taglia in due l'aria, fresca, sarebbe da andarsi a fare una passeggiata in riva al mare, invece che combattere per salvare le chiappe a un tuo amico. Anche se, a dire il vero, sai che palle passeggiare in riva al mare? Mi rimangio tutto: mille volte meglio una guerriglia tra gli scavi archeologici. E poi adoro l'odore di Roma al mattino, profuma di vittoria. E noi dobbiamo scrivere una pagina importante della Storia: sconfiggere Findus una volta per tutte, senza contare che Brio non vede l'ora di sistemare quell'infimo cane di Spavaldi; secondo voi perché è voluto andare lui, in prima linea? Certo, eccitazione compulsiva per la battaglia a parte. Deve mettere a posto qualcosa anche lui, stamattina.

Si apre un po' la giacca, sta di certo controllando la fionda. Rubi stringe il bastone nei pugni, è pronto a fare a fette quei vermi. Poi, una voce riecheggia tra le rovine.

– Siete venuti, alla fine, – deve essere Aurelio Spavaldi quel grassone sbucato fuori da chissà dove, in piedi su un muretto crepato. – Bravi, coraggiosi, – applaude. Ce l'hanno proprio nel Dna di essere scontati, eh, i cattivi?

– Dov'è Guttalax? – Brio ha sempre la mano all'interno della giacca, pronto a far fuoco.

– Il vostro amico sta bene, non vi preoccupate, la foto vi è arrivata, no? – Spavaldi scende dal muretto, fa un paio di passi verso Brio e Rubirosa. – Ve lo diamo, ve lo diamo, non c'è bisogno di fare i duri.

– E in cambio? – Brio è abituato a negoziare, non vuole farlo parlare troppo, è un professionista.

– In cambio? Signor Piaga, ogni cosa ha un prezzo, lei lo sa. L'ultimo che ha chiamato Brio col suo cognome, adesso è chissà dove in un cimitero in Belize, mi pare di ricordare. Una parte, di lui. Un'altra è andata perduta, i pezzi erano troppo piccoli.

– E il prezzo per questa cosa, quale sarebbe? – Però com'è bravo a mantenere la calma, dovrei imparare da lui.

– Il prezzo siete voi, la vostra resa, è chiaro, – Spavaldi a braccia aperte è una statua obesa della Madonna. – Dateci le armi e arrendetevi. L'ora d'aria è finita, come i vostri piani. Scordatevi Rete Maria. Adesso ve ne tornate dalle Monache per il resto della visita guidata. E vi comprate pure i magnetini per il frigo con la faccia del papa.

Quante stronzate in un solo uomo, mi sta venendo una voglia di saltare fuori, prendere una pietra, aprire il cranio di quel ciccione e metterci dentro un magnetino per il frigo. Per fortuna lí c'è Brio, che mantiene ancora una volta la calma, non so come faccia. Sta fermo, non dice nemmeno una parola. Rubirosa gli sta accanto, gli guarda le spalle.

– Ah, per inciso, – Spavaldi chiude le braccia, le mette dietro la schiena. – Dite al vostro compagno Fernandino Agile di venire allo scoperto, tanto lo so che c'è anche lui.

Eh no, se pure lui osa chiamarmi cosí, la testa gliela devo spaccare sul serio. Stringo nel pugno la pala che ho trovato prima, quasi mi faccio sanguinare la mano, mi mordo anche le labbra: non devo emettere suono. Al segnale, solo al segnale.

– Prima vogliamo vedere Guttalax.

– Non vi fidate?

– Di te? Bella faccia, a domandarlo.

– Gli affari sono affari, signor Piaga, – e due. – Io faccio solo il mio lavoro.

– Già, e anche piuttosto bene, – Capitan Findus entra in scena, e subito dietro di lui, immancabili, Sciabola e Uccello. – Un ottimo lavoro, Spavaldi, me li hai portati tutti qui, ma manca il pezzo grosso… – Findus si sta riferendo al sottoscritto, e come dargli torto? Mi cerca, si guarda in giro, non mi vede. Me ne resterei acquattato qui per sempre solo per negargli la soddisfazione di trovarmi.

– Vogliono vedere il nostro ospite, – Spavaldi si rivolge a Findus.

– E faglielo vedere. Guardare ma non toccare, però, Brio, – e ora quel naufrago in divisa affianca il suo detective preferito, che scena patetica.

Spavaldi fa un fischio e un tale porta Guttalax tenendolo per un braccio. Da dove sono nascosto mi pare, ma non vorrei sbagliare, di vederlo sorridere. Sta bene, cammina, saluta Rubi e Brio con la mano non appena li vede.

– Amici! – vorrebbe andare ad abbracciarli ma lo scagnozzo di Spavaldi lo ferma.

– ¿Todo bien, Gutta? – Rubirosa stringe nervoso il bastone spada.

– Sí, perché? – fa Guttalax.

– Come, perché? Ti hanno rapito, questi qua.

– Rapito? Nooo, quando mai, – Guttalax si sganascia dalle risate. – Mi hanno solo chiesto di andare con loro.

– Non ti hanno costretto?

– No, perché avrebbero dovuto? A me faceva piacere conoscere nuovi amici, me lo hanno domandato con gentilezza. Basta chiederle per favore, le cose.

Merda, Gutta, almeno un po' di resistenza potevi far-

la, no? Anche per finta, tirare un cazzotto, pure se anda-
vi a vuoto, qualcosa del genere, insomma. Vecchio stupido fiducioso.

Spavaldi fa un altro fischio e Brio e Rubirosa vengono
circondati da una quindicina di ombre, non vedo bene,
ma dovrebbero essere tutti dei vecchi. Spavaldi si è portato il suo esercito di segugi, era prevedibile. Findus ride come se fosse l'imperatore supremo del male; ma che
bravo, venti contro due, tre con me, quattro con Montepulciano. In ogni caso: due, tre o quattro, cambia poco.
La vedo davvero dura, qui, stamattina. Sarà una battaglia apocalittica.

– Allora, siamo d'accordo, – Spavaldi fa un passo in avanti, arriva a un metro da Brio, gli tende una mano. – Un accordo tra gentiluomini basterà, arrendetevi e nessuno farà
del male a voi e al vostro amico Guttalax.

Brio toglie il braccio dalla giacca, è disarmato. Piano,
alza un pugno tremolante, lo allunga verso quel cane di
un detective privato. Che Brio si arrenda è la cosa meno
probabile al mondo, piú facile che un meteorite cada sulla
terra centrando in pieno l'ano di un pulcino. Apre il pugno, le dita sembrano foglie di un albero scosso dal vento. Si avvicina alla stretta con Spavaldi ma a pochi centimetri si blocca.

– Piuttosto, – Brio si mette nella posizione di assalto,
– mi faccio consegnare morto a quelle Miserabili Monache.

Con un gesto sfuggito agli occhi di tutti, compresi i miei,
Brio ha armato la fionda nell'altra mano. In un nanose-
condo la tende verso la faccia di Spavaldi: – Facciamo a
cambio? Che voi vi arrendete, ci date Guttalax, e sparite
dalla faccia della Terra?

In un attimo tutte le ombre che circondano i miei amici si fanno piú vicine; Brio e Rubi sono chiusi in un cer-

chio di uomini pronti a farli a fettine. Findus lancia una bestemmia.

– Se questo colpo parte, signor Piaga, – Spavaldi ha la voce meno stentorea, povero, – il suo amico subirà lo stesso trattamento, ci pensi bene...

Fallo, Brio. Fallo ora, chiama la *Pietrelcina* a Guttalax, è la nostra unica arma. Non devo dirtelo io, lo sai da te che devi farlo, alla svelta.

Brio ci pensa su, abbassa la fionda per un attimo, poi dice le cinque paroline magiche: – Gutta, facciamo una *Pietrelcina*, subito!

Guttalax sorride. La *Pietrelcina* gli piace da matti. Veloce come mai in vita sua, si butta in ginocchio, l'uomo che lo trattiene da dietro resta immobile, lo guarda stupefatto, non sa come reagire. Giusto il tempo per Brio di armare la fionda, prendere la mira, tenderla, spargli la prima biglia bianca in fronte. Preso in pieno, che cecchino.

Tutti si voltano verso la scena, Spavaldi compreso. L'uomo che trattiene Gutta cade al suolo tenendosi il viso tra le mani, urla dal dolore, quelle cose in faccia devono fare piuttosto male.

– Gutta, via da lí! – ecco io che salto fuori, *tadaaan!* Direi che il colpo in fronte come segnale va piú che bene, e se non era questo, be', tanti cazzi: ho voglia di un po' di azione anch'io, a rimanere accovacciato lí dietro mi si stavano anchilosando le gambe.

Guttalax ride come un pazzo, si alza e corre verso di me. Libero, finalmente. Mi abbraccia: – Agile! Mi eri mancato tantissimo! – Glielo concedo, per un secondo solo, è un momento di grande vittoria personale, ma la battaglia è appena cominciata e c'è poco da festeggiare. Me lo scrollo di dosso: – Gutta, ora dobbiamo combattere contro questi signori, capito? Sono cattivi.

– E perché? Mi hanno trattato benissimo, mi hanno anche offerto un cappuccino, prima.

– Non importa, Gutta, faranno del male a me e agli altri se non combattiamo.

– Uh.

– Mica vuoi che qualcuno ci faccia male e che ci divida?

– No, che domande.

– E allora prendi questo, – gli metto in mano un ramo di ulivo piuttosto lungo. – Usalo come frusta, colpisci chiunque ti capita davanti.

– Come un domatore!

– Sí, come un domatore, forza.

– Come un domatore pirata!

– Sí, Gutta, come un domatore pirata... – faccio per lanciarmi in soccorso di Brio e Rubirosa, quando lui mi blocca.

– Come un domatore pirata magico!

– Guttalax, anche come la regina d'Inghilterra, come chi ti pare, ma adesso andiamo a fare il culo a Findus e a quei quattro scafisti.

Mi pare di averlo convinto, mi segue, ci lanciamo nel cuore della battaglia, lui col suo ramo di ulivo, io brandendo la pala. È in momenti come questo che penso: però, che bello essere vecchi.

Arriviamo al centro della mischia, Rubirosa ha già sfoderato il bastone spada e sta duellando contro due vecchi armati di spranghe, li fronteggia come se fosse un moschettiere; cazzo, aveva proprio ragione Brio: lui è fatto per combattere col fioretto, io con gli esplosivi. Prendo una rincorsa su un masso e salto su uno dei due vecchi, lo travolgo, lo stendo. Rubi mi ringrazia con lo sguardo e dà una botta in testa all'altro col manico del bastone. Meno due, avanti gli altri. Guttalax corre dispensando frustate a chiunque gli capiti a tiro, ride come un pazzo, un altro po' e piange dalla gioia. Gli direi quasi di non sudare troppo, fossi sua madre. Brio voleva passare subito a festeggiare il nuovo accordo con Spavaldi, ma tre dei suoi gli si sono scagliati contro, difendendo quel grassone di un investigatore privato. Li tiene a distanza con la fionda, i tre gli girano intorno: non appena uno fa uno scatto per aggredirlo, Brio gliela punta contro. Sta resistendo, ma tra poco gli faranno la festa.

– Rubi, va' da lui, – glielo indico col mento. – Qui ci penso io –. E con «qui» intendo una truppa di quattro stronzi che ci corre incontro.

– ¿Seguro, amigo?

– Vai, ti ho detto, – li metto nel mirino. – È tempo di spalare un po' di merda.

– Dime la verdad... – fa Rubi prima di andare da Brio. – Questa te l'eri preparata, cabrón.

– Puede ser, – lo imito, ci facciamo un cenno d'intesa e ci separiamo.

Prima dell'impatto con questi nuovi simpaticoni, noto con la coda dell'occhio Capitan Findus e i suoi due cagnolini che ci osservano da sopra i resti di qualcosa (qui ci sono solo resti di qualcosa; sono i Fori Imperiali, mica un centro commerciale). Non è ancora sceso a lottare: tipico di un ammiraglio senza barca come lui. Aspetta il momento migliore per coglierci alle spalle, come sempre, razza di eunuco.

Quando quei quattro mi sono a meno di cinque passi, roteo la pala tra le mani, l'ho visto fare a Bruce Lee in un film, serve a intimidire gli avversari, ma a un certo punto mi scivola, cade a terra. Sono disarmato. In una frazione di secondo mi rendo conto che, se mi abbasso e la prendo, sarò anche morto. Ho una sola mossa: mi metto in guardia, i pugni a mezz'aria, e con una mano faccio segno a quei luridi di avvicinarsi.

Il primo arriva di corsa e si becca un destro in pieno muso, il *crack* del suo setto nasale sotto le nocche. Dritto in terra, knock out alla prima ripresa. Il secondo e il terzo mi attaccano in coppia, hanno dei bastoni. Schivo il colpo del primo spostando il busto all'indietro (Dio, la schiena), quello del secondo abbassandomi (Dio, sempre la schiena), afferro la pala che mi era rimasta tra i piedi e li colpisco entrambi in faccia con un solo fendente. Adiós amigos, giusto per citare ancora Rubi. Il quarto frena, sceglie una strategia d'attesa, ma lo sa benissimo che è spacciato. Allora scaglio io il colpo, lui lo evita, con la spranga mi fa cadere di nuovo la pala e mi prende in pieno una mano (Dio, la mano, e sempre la fottuta schiena). Ecco, ora cosa farebbe Bruce Lee? Mi metto di nuovo in guardia e aggiro un paio di affondi del mio avversario, ha quasi la bava alla bocca e affanna come un bulldog, avrà la mia età ma si muove bene, non come gli altri tre. Arretro, mi trovo contro un muro. Il bulldog sorride, mi mostra la dentiera in un ringhio di morte. Ecco, la fine. Dite ai miei amici che li ho amati e odiati. Piú amati, però. No no, anzi, ditegli che li ho piú odiati, se no già me lo vedo Rubi a prendermi per il culo al mio funerale.

Chiudo gli occhi, aspetto la botta, non avrei mai voluto che la mia ultima immagine della vita terrena fosse questo vecchio con l'affanno e la bava tra la dentiera. Ma la mia testa non si fracassa. Riapro gli occhi e mi tolgo il primo dubbio: meno male, sono vivo. Poi, vedo Montepulciano con in mano una bottiglia di vino frantumata a metà. Il bulldog anziano è disteso a pancia sotto, respira ancora, ma non si muove. Lo guardo, poi guardo Monte.

– Silenzioso come un'ombra, letale come una serpe venuta dallo spazio, – dice solo questo, prima di correre via a petto nudo agitando il collo della bottiglia al cielo di Roma.

Montepulciano, barbone profetico, mi mancavi. Intanto Rubirosa sta facendo il culo a uno di quelli che circondava Brio: laggiú, poco distante da me, lo sculaccia con il bastone mentre quello scappa via. Brio dispensa bordate con la fionda a una velocità incredibile, non l'ho mai visto cosí: mira, colpisce, si accoscia dietro qualcosa, ricarica, riparte all'attacco. Una macchina da guerra, un vecchio invecchiato per falciare vite umane.

Percepisco nell'aria che è arrivato il momento; il sole sta cominciando a sorgere e mi sento una divinità battagliera. Devo trovare Findus. Subito. Raccolgo la pala, mi guardo intorno, tra i corpi che agonizzano al suolo e quelli che ancora combattono. Poi, lo vedo. Sta provando a difendersi da un assalto di Rubirosa mandando avanti Sciabola e Uccello. Ridicolo. Comincio a correre, stendo con una gomitata uno che prova a saltarmi addosso, non lo guardo neanche, non ho occhi che per lui: Findus, mia ossessione, è giunta la resa dei conti.

Quando arrivo sul posto sento solo Sciabola che prega Rubirosa di non fargli del male: – Diobo', Rubirosa, ci arrendiamo, non fare il patacca, posa quella spada –. Uccello ha le mani unite e quasi si butta sulle ginocchia, mima una preghiera. Findus gli strilla qualcosa, ma ormai è in trappola.

– Bell'esercito ti sei scelto, – eccomi che irrompo in scena.

Rubirosa si volta, rinfodera la spada con un gesto secco del polso, si appoggia sul bastone: – Sei arrivato giusto in tempo, non mi sarei mai permesso di toccartelo.

– Sei un amico. E loro? – parlo di Sciabola e Uccello.

– A loro non gli facciamo male, sono pesci piccoli, e poi mi fanno pena, guardali, – in effetti sarebbe come eliminare due cuccioli di pipistrello. Sono brutti, ma con che cuore?

– Spostatevi, – ordino. Loro eseguono senza fiatare. Tra me e Findus ci sono ormai solo un paio di metri. Quanto ho sognato questo momento. Rubirosa punta il bastone alle schiene di Sciabola e Uccello, li spinge lontano.

– Buon divertimento, – mi dice, prima di tornare con i prigionieri verso il centro della mischia.

– Finalmente soli... – devo avere un tono davvero minaccioso, perché Findus cambia espressione, abbandona la solita spocchia.

– E cosa vorresti fare? – prova a negoziare con me, lo stolto.

– Tu cosa faresti al mio posto?

– Io ci penserei su due volte.

– Non sai quante volte ci ho già pensato, Findus. E la conclusione è sempre e solo una.

– Vuoi colpire un uomo disarmato? Sei coraggioso, Agile –. Oh, non «Fernandino», adesso? E finalmente ho trovato il modo per non farmi piú chiamare cosí da lui. Una pala ci voleva, bastava dirlo.

– Disarmato? – gliela lancio, lui la prende al volo. – Sei tu quello armato, ora.

Findus è spiazzato, non sa cosa fare. Io al suo posto darei una botta di pala e fuggirei. Lui, invece, resta fermo. Faccio due passi indietro e mi abbasso (Dio, prenditela questa schiena), raccolgo dalla polvere la spranga di qualche caduto, pochi metri piú in là.

– Ad armi pari, mi sembra, – lui non risponde, spalanca la bocca.

Faccio il primo passo in avanti e pregusto già il rumore del ferro sulla sua testa di cazzo, quando delle urla arrivano alle mie spalle. Mi volto, Brio e Rubirosa stanno fronteggiando la carica di una ventina di nuovi arrivati. A guidarli: Spavaldi. Cazzo, no. Sento il rumore della pala che cade in terra, mi rigiro, Findus se la sta dando a gambe. Vecchio mozzo senza palle che non è altro. Ho due alternative: inseguirlo e spezzargli le reni o andare ad aiutare i miei compari che stanno arginando l'ondata dei barbari. Decidere è facile: per quanto voglia acciuffare quel vigliacco e avere la mia agognata vendetta, mi ricordo benissimo che il gruppo viene prima di tutto. Li ho traditi una volta, non lo farò una seconda. Mi riprendo la pala e corro verso di loro.

È una ressa di corpi, lame che sfrigolano, bastoni che impattano altri bastoni, pugni, schiaffi, testate, pietrate, schiocchi di fionda. Senza dubbio la battaglia piú atroce dentro la quale mi sia mai trovato in vita mia. Supera di gran lunga quella volta che sfidammo la casa di riposo Castello Ortensia per il controllo della pista ciclabile della zona. Che a dire il vero, noi, della pista ciclabile non ce ne facevamo niente. Era il principio.

Il primo a cadere è Rubirosa. Un cazzotto nello stomaco e uno in volto, poi una bastonata alle costole. Lo vedo stringere gli occhi dal dolore, il ciuffo ribelle bianco spettinato nella polvere, il bastone spada schizza via. Poi è il turno di Guttalax: prende una sprangata e crolla a pochi metri da Rubi. Montepulciano si batte come un leone, aggredisce chiunque trovi nei paraggi con pietre, calci volanti, morsi. Si libera di tre nemici con la tecnica della *Scimmia Ubriaca* (la annuncia a gran voce, prima di eseguirla): mima i movimenti di una scimmia, ma al rallentatore, come se fosse ubriaca (a lui viene facile, credo, questa parte). Li annienta, ma viene assalito da altri tre, che diventano quattro, poi cinque.

Brio ha quasi finito le biglie, lo vedo liberarsi della cartucciera e lanciarla in terra. Ha solo tre colpi: due li usa bene, mette a terra due bersagli. Sta per scagliare l'ultima quando ha un fremito, guarda Spavaldi protetto da una schiera di fedayìn, la tira fuori dalla fionda e se la rimette in tasca, riaccomoda l'arma nella fondina. Prova a difendersi con un pezzo di bastone rimasto lí ma è troppo solo, lo atterrano. Questa sí che è la fine. La fine reale. L'ennesima botta alla schiena mi fa crollare in ginocchio, apro i pugni, lascio cadere le armi. Mi si annebbia la vista, con quel po' che resta riesco a scorgere i miei amici, le facce e le mani nel terreno, tra le pietre e le rovine dei Fori Imperiali. È la fine della civiltà di Villa delle Betulle. Proprio come fu per Roma secoli fa, è per noi oggi. Uno dei fedayìn di Spavaldi carica il colpo sopra di me, vedo un bastone decollare nell'azzurro. Il Colosseo è proprio lí, dietro di lui. Poi, prima che il buio cancelli tutto, un rumore squarcia l'aria, tutti si voltano, il bastone del mio aguzzino si arresta, paralizzato. Con le ultime forze tolgo via l'opaco dai miei occhi.

Un cavallo, che scalcia con le zampe anteriori, imbizzarrito. In sella, un uomo con un cappello nero da cowboy. Il sole è già quasi alto nel cielo. Non può essere...

– Cavallo! – urlo.

Lui si toglie il cappello, lo fa volteggiare, un sorriso da gringo gli spacca in due la faccia indemoniata. Dietro di lui appaiono tutti i vecchi del *Circolo Ovest*, armati come se non ci fosse un domani.

Mi rialzo, le gambe mi tremano, ma non importa. Che poi, da dove l'ha tirato fuori un cavallo? Glielo chiederò dopo, adesso mettiamo a posto le cose.

Brio, Rubi, Gutta e Montepulciano si risistemano in piedi, tornano alla carica. Gli uomini di Cavallo si buttano nella mischia, sommergono quelli di Spavaldi come uno tsunami. Non c'è storia, è una carneficina. Cavallo e i suoi devastano le linee nemiche, noi cinque sembriamo rinati, falciamo chiunque ci affronti. In dieci minuti l'esercito di Spavaldi è tutto in terra, dolorante. Cavallo viene al trotto verso di noi, sta trascinando un uomo con il lazo, tira le redini del suo stallone quando ci raggiunge, la bestia si ferma.

– Lui è il generale di questa truppa di fanteria, giusto? – smonta da cavallo, con un coltellaccio gli taglia il nodo alle caviglie, alza la testa dell'uomo dalla polvere tenendolo per i capelli lunghi. Ce lo mostra.

Brio: – Sí, è lui, Spavaldi.

– Bene, è vostro prigioniero di guerra, fatene quello che volete, – Cavallo infodera di nuovo la lama nella cintura.

Brio tira fuori l'ultima biglia che gli era rimasta, quella che prima si era cacciato in tasca, proprio per quest'occasione. Le stampa un bacio sopra, la arma nella fionda. Noi ci allontaniamo insieme, lo lasciamo da solo con Spavaldi. È la sua vendetta, che se la goda. La mia mi è sfuggita per un soffio, quel coniglio di Findus. Ci mettiamo qualche metro piú in là a osservare la scena in silenzio.

Spavaldi è in ginocchio, ha uno zigomo gonfio con un taglio da cui perde un po' di sangue. La camicia aperta, i bottoni quasi tutti saltati, una manica strappata. Ha la testa bassa.

– Non ci saremmo fatti male, vero? – Brio ha la fionda carica, la tiene puntata in basso.

– Fallo.

– Hai provato a fottermi di nuovo, Spavaldi.

– Fallo e basta.

Brio alza la fionda, la tende al massimo. Gliela punta contro, è a mezzo metro dalla sua fronte. Noi tratteniamo tutti il fiato, persino Cavallo fa cenno ai suoi di smettere di festeggiare.

– Sono anni che lo sogni, fallo, – Spavaldi alza lo sguardo verso la fionda, sfida quello di Brio.

Brio non risponde, trema tutto.

– Fallo, Piaga, coraggio! – Aurelio Spavaldi urla con tutta la voce che ha, uno stormo di passeri si alza in volo.

Brio fa fare un ultimo scatto alla fionda, mi pare di vederlo sorridere mentre dice: – Non mi chiamo Piaga, ma Brio. Io sono Brio, – prende una pausa. Spavaldi stringe gli occhi. Ecco, adesso lo secca: – *Bum.* Sei morto.

Finita la frase, Brio allenta l'elastico, abbassa la fionda, tira fuori la sfera bianca dall'alloggio, disarmandolo. Se la infila in tasca, gira i tacchi e viene verso di noi.

– Sei un gringo magnanimo, tu, mi hai stupito, – lo accoglie Cavallo.

Noi no, non siamo stupiti. Sarà anche il piú pazzoide guerrafondaio del pianeta, Brio, ma non è uno che spara in fronte a un uomo disarmato e in ginocchio, anche se è il suo peggior nemico. Siamo vecchi, ma siamo personcine per bene, cosa credete.

Ci raggiunge Montepulciano, ha in mano un paio di mutande bianche, gli chiediamo spiegazioni.

– Trofeo di guerra, allorquando.

– Allorquando? – gli domando.

– Allorquando.

– Cosa?

– Nulla, allorquando allorquando.

E io piú scemo di lui che gli faccio anche domande, a questo scoppiato. Cavallo lo avvicina, gli si pianta di fronte, assume un'aria marziale, braccia sui fianchi e mento all'insú.

– Come si chiama questo pellerossa? – si rivolge a noi, senza staccargli gli occhi di dosso.

– Chi, lui? – Brio lo indica tremando.

– Sí, lui, il pellerossa, – Cavallo si traccia sul viso le linee che Monte ha ancora dipinte sul suo, quelle che si è fatto col grasso della macchina prima della battaglia.

– Ma, in realtà non è un peller...

Interrompo Brio con un colpo di tosse, prendo io la parola: – Il pellerossa si chiama Montepulciano, è un nostro amico, lo abbiamo incontrato ieri –. Brio mi guarda perplesso, gli faccio segno di tacere.

– Be', questo è il pellerossa piú valoroso che abbia mai visto combattere in tutta la mia esistenza, – gli tende una mano. – Complimenti, Montepulciano, *augh*!

Monte lo guarda incuriosito, si porta un dito alla bocca. Poi dice: – *Augh*, grande capo Montepulciano ringrazia uomo bianco per proficua caccia al nemico, spero che presto fumeremo insieme calumet della pace e cavalcheremo nel tramonto, verso est.

Gli occhi di Cavallo si accendono di gioia, brillano, i due si stringono la mano contenti.

– Vedi? – dico sottovoce a Brio. – Chi siamo noi per dire a qualcuno cos'è o non è, in realtà? Siamo tutti indiani e cowboy, nella vita.

– Sei diventato un uomo molto saggio, Agile, – Brio mi guarda ammirato. – Merito dell'amore?

– A proposito dell'amore... – gli afferro il polso sinistro e me lo porto agli occhi, dal suo Festina vedo che mancano meno di tre ore alla colazione di Flaminia, l'unica parola che mi esce è: – Merda!

– Tu non ti preoccupare, uomo dalle buone intenzioni e dallo sguardo di aquila, – se Rubi è quello che parla in spagnolo, Gutta è quello che sorride, Brio trama per costruire armi di distruzione di massa, chi è rimasto? Ecco, e continua: – Abbiamo in serbo, io e io, una grande idea per il tuo piano di sorpresa della dama in questione.

– Sentiamo –. Tanto, cos'ho da perdere?

– Fidati di me, ti conviene, uomo che le stelle e il destino hanno battezzato col nome di Abile.

– Agile, Monte.

– Agile, Monte, che sale sulla tempesta e semina saette per la tua vittoria.

– Ma che è, una poesia di Natale? – guardo il resto della banda, si stringono tutti nelle spalle.

– Quello che conta, – Montepulciano alza un dito al cielo, gli piace molto essere solenne, ho notato, – è che tu dovrai far trovare qui la tua persona fra tre ore, a quel punto volgi lo sguardo al centro di piazza Venezia, mi troverai, sarò l'uomo vestito d'argento.

Non ci ho capito granché, ma credo che voglia darmi una mano. Rubirosa e Brio confermano, Guttalax sorride, gli piace tantissimo quando Monte parla cosí. Poi il cellulare gli suona, Montepulciano risponde, sembra molto agitato. Dice che lo attendono in prefettura per l'atto di cessione della felicità e che noi ci vediamo tra tre ore. Mentre corre via, a petto e piedi nudi e sventolando le mutande bianche, ripete che mi devo fidare di lui. Oltre a non avere alternative, la verità è che io di Montepulciano mi fido, ve l'ho detto fin da subito. Speriamo che la testa, stavolta, gli dica di fare le cose giuste per aiutarmi con Flaminia. Stiamo a vedere che s'inventa.

Ci raduniamo in cerchio con Cavallo e la sua truppa, ci lasciamo Spavaldi alle spalle a piangere in ginocchio in mezzo ai Fori Imperiali, insieme alla sua falange ormai sconfitta. Abbiamo i visi stanchi, feriti, stravolti. Ringraziamo gli uomini di Cavallo, abbracciamo ognuno di loro. Il piú felice è Guttalax, che stringe a sé ogni vecchio del *Circolo Ovest* come fosse suo padre. Ma va bene cosí, dopo un'impresa del genere è giusto rilassarsi, e poi quel vecchio stitico con carenze d'affetto mi era mancato, dannazione. Meglio non darglielo troppo a vedere, non me lo toglierei piú di torno, euforico com'è adesso.

– Cavallo, non so proprio come ringraziarti. Lo avevi detto che nel momento del bisogno ci saresti stato.

– Un cowboy mantiene sempre la sua parola, – mi risponde.

– Ma posso chiederti come sapevi dove eravamo? Sai, una curiosità.

– Vi avevo messo alle calcagna uno dei miei, vi ha pedinato da quando siete usciti dal nostro circolo fin qui.

– Oh be', certo, è chiaro –. Perché questa cosa non mi stupisce affatto? Sarà che essere seguiti è la cosa che ci succede piú spesso. Dopo Spavaldi e l'uomo di Cavallo, probabilmente qualche governo dell'ex Unione Sovietica adesso starà stanziando fondi per non perderci d'occhio.

Li salutiamo. E stavolta sarà per sempre, lo sento. Quando sei vecchio e ti dici addio, sai che potrebbe essere addio sul serio. Ma alla fine il bello è anche questo: vivi piú intensamente qualsiasi momento. Da giovane, quante cose e quante giornate lasci correre, sapendo che ne hai tante ancora di fronte?

## 17.

Ci ritroviamo tutti e quattro di nuovo soli. Era da un po' che non ce ne stavamo per i fatti nostri. Facciamo due passi, ci sediamo vicino al Colosseo, su un muretto di fronte alla fermata della metro, da cui cominciano a fiottare i primi gruppi di turisti. Oggi beatificano il papa, sono attese milioni di persone da tutto il mondo. Senza contare il dannato concerto del Primo maggio. Bel giorno che ci siamo scelti per mettere a ferro e fuoco i nostri destini, eh? In silenzio, buttiamo un occhio ai Fori. È buffo sapere che oggi tutte queste persone li guarderanno, li ammireranno, se ne innamoreranno e faranno foto su foto. E nessuno di loro saprà mai che noi ci abbiamo combattuto una delle battaglie piú epiche che questa città ricordi, tanto che dovrebbe finire nei libri di Storia. Ma forse è piú romantico cosí; quattro amici seduti l'uno accanto all'altro, le facce tumefatte e le giacche impolverate, a custodire un incredibile segreto.

– Non vorrei rovinare questo momento, – Brio si schiarisce la voce. – Ma noi per le diciotto siamo attesi a Rete Maria, mica ve lo sarete dimenticato?

– Scherzi, – rispondo.

– Claro, vamos.

– Rete Maria? Bella, andiamo ad assistere a qualche puntata della lettura dei Vangeli? – Guttalax, ti regaleremo dei post-it per ricordare le cose.

– Perfetto, dobbiamo ancora capire come raggiungere gli studi, – Brio tira fuori dalla giacca la mappa che ci aveva fatto vedere a Villa delle Betulle. – È lontanuccia, da qui.

– Un sistema lo troviamo, – lo rincuoro. – Abbiamo sconfitto gli eserciti del male di Spavaldi e Findus, vuoi che non raggiungiamo un palazzo qualsiasi?

L'ho convinto, per la prima volta da quando lo conosco sembra sereno. Quasi non gliene importasse piú niente di padre Anselmo da Procida, della sua vita di rancori, sconfitte. È felice, ha messo in ginocchio l'uomo che aveva messo in ginocchio lui. Forse è cosí che funziona, trovi la pace quando sai di aver sistemato le cose.

– Pensiamo a Flaminia, prima, – mi esorta. – Ma tu che le hai detto, di preciso, alla festa?

– Già, noi non sappiamo ancora tutto, cabrón, – Rubi.

– Quale festa? – Gutta.

– Le ho detto che l'avrei sorpresa, – mi sdraio sul muretto, le mani dietro la nuca, guardo le nuvole. – Che l'avrei conquistata con qualcosa di speciale.

– E cos'hai in mente? – mi domanda Brio.

E chi lo sa. Voi lo sapete? Perché io no.

– ¡Las flores! – Rubirosa si illumina. – Las mujeres vanno pazze per i fiori.

– Fiori, dici? – Brio pare piú scettico. – E poi non si era parlato di effetti speciali? I fiori mi sembrano un po' banali.

– Ma sono siempre efficaci, – Rubi ne parla con l'aria di chi ne sa piú di noi, e in effetti è cosí, quasi mi convince.

– Dammi retta, Agile, una bella rosa, una serenata.

– E chi suona? – Brio torna alla carica con lo scetticismo.

– Yo, – Rubi si alza in piedi, strimpella una chitarra immaginaria. – Soy un guitarrista coi controcojones!

– E dove la troviamo, una chitarra? – Brio è in forma, nonostante la battaglia appena terminata.

– Già, – sospiro.

– Lí, – Gutta indica lontano, da qualche parte verso lo spiazzo di fronte al Colosseo, dove ci sono un camioncino che vende bibite e due tipi vestiti da gladiatori.

Ci voltiamo ma non vediamo nulla. Sforzo gli occhi:

– Dove? Una chitarra?

– Sí sí, lí, guardate, dove c'è quel capannello di gente! Non la sentite la musica? Un ragazzo sulla trentina sta cantando, ha una chitarra attaccata a un piccolo amplificatore. Però, Gutta, non sei da macinare. Vedi, quando ti impegni?

– Bravo, bel colpo! – Brio si congratula, lui lo abbraccia d'impeto. – Dài, Gutta... dobbiamo prendere la chitarra, mollami...

– Mollalo! – glielo strappo di dosso.

– ¡Amigos, vamos! – Rubirosa si alza, noi con lui, ci incamminiamo verso il menestrello.

Arriviamo lí e ci facciamo spazio tra le persone che lo ascoltano, guadagniamo la prima fila. Sta cantando *La prima cosa bella* di Nicola Di Bari. Non è neanche malaccio, a dire il vero. Aspettiamo che finisca l'esibizione, che qualcuno gli lanci qualche spicciolo nel fodero della chitarra che tiene aperto in terra, poi ci avviciniamo, lo accerchiamo. No, non è come state pensando voi.

– Sei bravo, però, con quella, – Brio applaude.

– Un portento, – rincaro la dose: dobbiamo farcelo amico.

– Grazie, grazie... – fa lui, l'imbarazzo gli colora appena le guance, si vede che non è abituato a ricevere troppi complimenti.

– Come ti chiami? – questo è Rubirosa.

– Lucio.

– Uh, come Lucio Dalla, – Guttalax fa un saltello, il chitarrista una risata.

– E senti... – Brio ha deciso di gestire lui la faccenda, lo lascio fare. – Quanto vuoi per quella? – punta la chitarra con il solito indice tremolante.

– Per questa? – Lucio fa sparire il sorriso, resta perplesso. – No, non è in vendita, io ci campo con questa qui, – comincia a sistemare la sua roba, si china sull'amplificatore e arrotola i cavi.

– Possiamo pagarti bene –. Non è vero, perché lo dice? Non abbiamo neanche l'odore dei soldi, addosso.

– No, amico, davvero, mi dispiace.

– E se la fittassimo per un'ora? – Ve l'ho detto che Brio non si arrende facilmente.

Lucio lascia l'amplificatore in terra e si rialza. Ci guarda: – Ma a voi vecchietti a che vi serve una chitarra?

– Devo conquistare il cuore di una donna, – rispondo io, per una volta senza una battuta sagace.

– Tu?

– Eh, io. Che ti credi, che l'amore è una vostra esclusiva?

– Ma, veramente, io, scusami... – sembra un po' mortificato.

– E poi dammi del lei, che è 'sto tu? Rispetto, giovine.

– Scusi, ha ragione....

Sotto sotto, sono tutti dei ragazzini che cercano qualcuno che li incoraggi, che li sproni a far meglio, ma anche che li sgridi, ogni tanto.

– E ora, di', quanto vuoi per darci la chitarra per un'ora?

Lucio si guarda le scarpe logore. Poi dice: – Niente, gliela do gratis, signore, per tutto il tempo di cui ne ha bisogno, – me la allunga.

– Gentile da parte tua, Lucio, – la prendo, lui si allontana con le mani in tasca.

– Dove ci rivediamo? – si volta per un istante.

– A piazza Venezia, tra un'oretta!

– Bueno, ya tenemos la guitarra, – Rubirosa me la scippa e comincia a suonare qualcosa di molto spagnoleggiante. Se la cava bene, però.

– Sí, bravissimo, Rubi! – Guttalax non credo si sia mai divertito cosí da quando lo conosco. Una festa, una guerriglia, una serenata. Per lui è Pasqua.

– Non abbiamo molto tempo, vamos, – Rubi zittisce la chitarra e mi guarda. – Le sai le parole della canzone che cantava prima Lucio?

– *La prima cosa bella?*

– Sí, quella, la conoces?

– Ma devo cantarla io?

– No, la facciamo cantare al papa, quello vivo però, ¿qué dices?

Mi sa che mi tocca: – Sí, la so...

– ¡Bueno! In marcia! – e andiamo a fare pure questa figura di merda oggi, che ci mancava, in effetti.

– Ma, i fiori? – Brio è sempre attento a tutto.

– Venite con me, – Rubi attraversa la strada. Alla fermata della metro c'è un ragazzo di colore che tiene in mano un mazzo di rose, prova a venderne una a ogni coppietta che passa. Lo abborda, mi allunga la chitarra.

– Buonasera, caro amico, ci servirebbe qualche fiore per amore, – esordisce Rubi.

Quello sorride piú di Guttalax e ci porge un paio di rose: – Sette euro! – esclama.

– Sette euro, due rose?

– Sette euro!

– Me parece un poquito troppo. Non si potrebbe avere uno sconto? – Poi si rivolge a noi: – Quanto abbiamo in cassa?

Ci rivoltiamo le tasche e mettiamo insieme due euro e venticinque centesimi (di cui cinque centesimi trovati in terra, proprio lí). Glieli mostriamo, lui fa una brutta smorfia.

– Vede, buon amico, abbiamo a mala pena due euro, ci faccia uno sconto! Il signore qui, – mi tira verso di lui, – soffre por amor, deve conquistare una mujer, ora, proprio ora! Ci faccia un piccolo sconto, non sia crudele...

– Sette euro! – stesso sorriso, stesse rose.

– Due euro, una rosa, – si fa pratico Rubi.

– Sette euro! Sette euro! – il tipo sorride senza tregua, devo tenere a bada Guttalax che vorrebbe abbracciarlo stretto. Rubirosa ci guarda scuotendo il capo.

È triste, ma ci resta una sola mossa a disposizione. Lo pensano tutti, solo io ho il coraggio di dirlo: – Ragazzi, dobbiamo fare una *Fiuggi*.

– No, dài, cazzo... la *Fiuggi* no, – Brio agita una mano stizzito. – È proprio immorale con questo qui, fare una *Fiuggi*.

– Non abbiamo scelta, – ribadisco. Rubirosa mi dà ragione: – Verdad, tenemos que hacerla.

Brio si morde le labbra, ci pensa su un attimo, ma alla fine sa che è l'unica cosa da fare, allarga le braccia: – Facciamola, prima che cambi idea.

– Bueno... – Rubi accarezza una delle rose che il tipo ci sta porgendo. – Molto belle, però.

– Sette euro!

Proprio in quel momento, ne afferra una, la strappa alla stretta del ragazzotto e comincia a correre senza voltarsi. Prima di partire strilla solo: – Guttalax, è una *Fiuggi*!

Gutta si lancia sul venditore, lo abbraccia fortissimo, con un sorriso grande quanto la Città del Vaticano. Guttalax adora fare la *Fiuggi*.

Noi seguiamo Rubi, corriamo finché i polmoni non ci cominciano a bruciare, ci rifugiamo dietro a un angolo, abbastanza lontani da Gutta e dal tizio delle rose. Non abbiamo mai paura che a Guttalax possa succedere qualcosa durante una *Fiuggi*, se ve lo steste chiedendo, perché a Guttalax nessuno fa mai niente (rapimenti a parte, chiaro). La gente di solito gli spalma una carezza sul viso. Come si può solo pensare di torcere un capello, a uno come Guttalax?

– Quindi ora io dovrei suonare e cantare in mezzo alla gente, di fronte a Flaminia, con una rosa in mano, mentre tu suoni? – scandisco per bene ogni parola. – È questo il piano per sorprendere una donna, voglio dire, è cosí che si fa?

– Claro, – Rubi non è mai stato cosí serio.

– Ma è proprio necessaria la parte in cui io canto di fronte a tutta la popolazione di Roma?

– Che vuoi che sia, Agile? Brio, diglielo tú tambіén, non è cosí difficile.

– È incredibilmente difficile, – Brio me l'ha detto, sí.

– Grazie, amico.

– Dico solo quello che penso.

– Lo so. Per questo mi piaci cosí tanto.

– Non distraiamoci, allora, faremo de esta manera... – Rubirosa spiega il nostro piano da rock band per un giorno proprio mentre Gutta torna tra noi, indenne. Ancora una volta.

Mi metto in ascolto, dopo tutto mi fido di loro.

18.

Ci fermiamo a piazza Venezia, di fronte al Vittoriano. Mi metto in faccia l'orologio di Brio; ormai sa che mi approfitto del suo polso all'improvviso, mi lascia fare.
– È l'ora, – dico.

Strano, sono piú teso adesso che devo cantare una canzoncina rispetto a quando, poche ora fa, dovevo combattere per la vita di un mio amico. Punti di vista, la bellezza del mondo.

Mandiamo Guttalax a chiamare Flaminia, che a quest'ora se ne starà seduta a mangiare cornetti e sorseggiare cappuccini in quel bar dall'altra parte della piazza, quello con gli ombrelloni sopra ai tavolini.
– Te le ricordi tutte, le parole? – Rubi si accerta che ogni dettaglio fili liscio, ci tiene anche lui a fare bella figura, ha detto che magari una delle amiche di Flaminia poteva essere carina. – L'abbiamo provata due volte mentre venivamo, mi raccomando.
– Sí, stai tranquillo –. Mi ricordo solo il ritornello, in verità, ma ormai non c'è piú tempo, tra pochi istanti arriverà Gutta con Flaminia e mi giocherò l'unica occasione della mia vita per riconquistare la donna che mi ha fatto battere il cuore piú di tutte. Che giornata di merda si prospetta.

A un certo punto non vedo piú nulla, buio, due mani a coprirmi gli occhi e uno straordinario puzzo di vino misto a urina di gatto. Un solo uomo che conosco è tutte queste cose insieme.

– Monte! – nella tensione generale mi ero dimenticato di lui. Che piacere rivederlo.

– L'uomo che chiamate Montepulciano ha portato cacciagione e onori. Annuncio vobis gaudium magnum, – si è messo una maglietta, almeno. – È tutto fatto.

– Tutto cosa?

– Tutto. Quando io ti urlo la parola: pentagonododecaedrotetraedrico, tu entri in azione.

– Cheee? – stringo gli occhi e mi metto una mano a conchiglia sull'orecchio.

– Pentagonododecaedrotetraedrico, – ripete lui, senza la minima esitazione.

– E cosa sarebbe? – anche Rubi e Brio mi guardano spaesati. Non dico io, ma se neanche loro lo sanno significa che la cosa è piuttosto complicata.

– Una figura geometrica, vuoi che te la mostri con un disegno dedicato tramite supporti audiovisivi creati al momento?

– No, Monte, come se lo avessi fatto, – lo blocco mentre si cerca addosso, probabilmente, una penna o una matita. – Non possiamo solo scegliere un'altra parola d'ordine per il piano? Che so, tipo: lunedí, scaldabagno, ricotta?

– Pentagonododecaedrotetraedrico, – ripete lui, gli occhi piú vuoti d'un barattolo di aria.

– Ma come fa a dirla cosí veloce? – Vorrei insistere col barbone, ma so già che è inutile provare a farlo ragionare.

– Pentagonodod... – attacca di nuovo.

– Benissimo, – lo interrompo. Mi arrendo: – Quando dici questa parola io entro in azione. Una sola domanda: cosa dovrei fare, di preciso? – No, perché va bene che ci siamo tutti concentrati sulla parola, ma a momenti Flaminia sarà qui e questo folle ha organizzato un piano al quale devo partecipare attivamente senza neanche essere preparato. Direi che come banda andiamo migliorando, questo sí.

– Ma la chitarra perché l'avete portata? Con le vostre entità unite, intendo, – Monte snobba la mia domanda, è incuriosito da quello che ha in mano Rubirosa.

– L'idea era di fare una serenata, – rispondo.

– Ottima idea, è complementare all'azione prodigata dal mio disegno mentale, portate in avanti la mossa della serenata come se io non fossi mai esistito, piace molto alle donne.

– Visto? – Rubi strizza un occhio.

– Cioè? Che devo fare?

– Complementare al disegno mentale, al piano, tu comincia, io poi ti dico la parola e tu metti in atto la potenza del mio disegno mentale.

– E me lo diresti, questo piano o disegno mentale, Monte? – bisogna trattarlo come un duenne, ormai ho capito.

Montepulciano mi si avvicina all'orecchio, l'olezzo mortale aumenta a dismisura, respiro dalla bocca. Lui comincia a sussurrarmi il famoso «disegno mentale». Sgrano gli occhi, lo lascio finire, resto immobile.

– Cioè… – gli dico, non appena si stacca. – Io dovrei andare lassú e… – mi mette un dito sulla bocca, mi guarda, poi mi stampa un bacio sulle labbra.

– Ma sei pazzo? – quasi strillo, pulendomi la bocca con un polso.

– Pazzo perché non ho paura di esprimere la mia vivacità sessuale? Colpevole. Innanzi a te, al Signore, a voi tutti –. Poi corre via, va a nascondersi dietro le mura del Vittoriano, tutto eccitato, pronto a darmi il segnale di partenza.

– Che ti ha detto? – Brio è curioso, e vorrei vedere.

Sto per raccontare il piano visionario di quel pazzoide, quando mi ritrovo Guttalax e Flaminia piantati di fronte.

– Buongiorno, Dino, – fa lei con aria di sfida.

Che bello sentire ancora la sua voce, però. È come rientrare a casa dopo una giornata di lavoro sotto la pioggia, nel traffico, quando un ingorgo micidiale ti ha tenuto intrappolato tra le bestemmie dei passeggeri e degli altri autisti, ore e ore per fare solo qualche chilometro. Una cosa del genere, ecco.

– A te, Flaminia, – ha il potere di farmi esprimere come una persona per bene, una che inviteresti a casa per un tè. Solo lei, al mondo.

– Be'? Mi hai fatto portare fin qui, cosa vuoi mostrarmi? – ha il sorriso senza sorriso di quel pomeriggio di maggio, quando annunciò che tra noi era finita.

Dovrei dirle che l'amore non si mostra, all'amore si crede e basta, si crede nei secondi che passano tra questa frase e il resto della vita. Ma finirei per far ridere a crepapelle quei due stronzi che mi stanno accanto e farmi abbracciare da Gutta per l'emozione, meglio di no. E poi non capirebbe, lei ingioiellata, lei figlia del lato oscuro della forza, lei che vive in un appartamento grande come tutta la casa di riposo in cui sono finito a crepare io. In ogni caso: tentiamo, male che vada sarà andata male. Quando sei vecchio le sconfitte non sono piú vere sconfitte, sono solo un momento diverso rispetto allo stare seduto su una poltrona a guardare fuori dalla finestra.

– Sí... – prendo tempo, lancio un occhio verso Montepulciano che spia la scena da dietro l'angolo del monumento e come un pazzo mi fa cenno di cominciare a cantare. – Avevo preparato una cosa per te... – e dopo aver mostrato a tutti l'Agile che avete imparato a temere, ora vanificherò ogni cosa con questa grandissima stronzata della serenata. E poi dopo il segnale di Montepulciano ne vedrete delle belle, pare, anche se non ci ho capito granché. Quel barbone psicopatico mi ha detto di correre in cima alla rampa di scale del Vittoriano, restare lí, fermo, spalancare le braccia, fare un bel sorriso. Al mio posto voi lo fareste? Ve lo dico io: sí. Se foste innamorati.

– Cosa hai preparato? – Flaminia è impaziente, batte un piede.

Prendo un respiro, mi faccio coraggio: – Questa, – guardo Rubi, lui imbraccia la chitarra e, piano, pizzica gli accordi iniziali de *La prima cosa bella*. Un manipolo di persone si ferma intorno a noi, incuriosito. Perfetto, ci mancava solo il pubblico.

È arrivato il momento, l'attacco della voce: – *Ho preee-so la chitarraaa...*

– Pentagonododecaedrotetraedrico!!! – un urlo disumano mi interrompe, persino Rubirosa si ferma, impaurito.

– E che cazzo mi hai fatto cominciare a fare, Monte? – strillo incazzato come una salamandra.

– Corri, bipede, svelto, hai pochi secondi dall'ora momentanea! – fa lui, le mani alzate al cielo.

Flaminia non ci sta capendo niente, si aggrappa alla collana di perle, se la rigira tra le dita. Rubi si mette la chitarra in spalla, Brio mi guarda: – Qualsiasi cosa tu debba fare, falla. Fidati di quel barbone.

Ha ragione: siamo una squadra, ci teniamo l'un l'altro il cuore fuori dal fango. Un sorrisetto a Flaminia e mi lancio all'ingresso dell'Altare della Patria.

Sguscio tra i due militari immobili che presidiano l'entrata, ho una manciata di secondi per arrivare al punto $x$ prima che qualcuno della sicurezza mi fermi: cosa c'è di piú stimolante di un'avventura contro il tempo e le forze dell'ordine? Nessuno dei due ragazzoni armati alza un dito.

Faccio lo slalom tra i turisti, nella foga urto qualche spalla, una borsa precipita, sento un insulto in un'altra lingua, alzo una mano per chiedere scusa, senza mai voltarmi. Piú corro e piú quel sorrisetto che ho fatto a Flaminia si allarga. Non so bene perché, sento l'aria che mi taglia la faccia, mi spettina i (pochi) capelli, vedo i turisti giapponesi che si scansano spaventati, si stringono le costose macchine fotografiche al petto.

Alcuni ragazzi cominciano a incitarmi, li sento ululare qualcosa, nella testa mi rimbomba solo l'immotivata e improvvisa felicità di questa corsa, di questi gradini fatti a perdifiato, che se non mi viene uno scompenso cardiaco adesso non credo mi verrà mai piú.

A un certo punto il suono acuto, secco, di un fischietto. Rallento, il tempo di voltarmi e vedo due vigili correre verso di me. Era ovvio. Uno dei due è una donna, alza una mano, mi intima a gran voce di fermarmi. Guardo di nuovo in avanti: sono a metà strada. I polmoni stretti in una morsa, la milza compressa a tagliarmi in due il fianco. Riprendo a correre. Che mi arrestino, mi giustizino qui sul posto, buttino pure il mio cadavere in una fossa comune, non me ne importa piú niente. Sono stato tutta la vita a farmi fermare da semafori e vigili urbani, ogni volta che dicevano loro, adesso non mi ferma piú nessuno. Altri fischi, forti, ripetuti, dietro di me, ma ora non mi giro piú.

I turisti si spostano, due ali di uomini e donne terrorizzati da un vecchio che corre verso non si sa cosa. Pochi scalini all'arrivo, perdo terreno, i miei inseguitori hanno trent'anni meno di me e quattro ginocchia con ancora le cartilagini (le cartilagini sono la cosa che piú di tutte, ho imparato a rimpiangere). Sento le loro voci farsi nitide, chiare.

– Si fermi, signore! Subito! – sempre la donna, deve essere il capo.

Quando sto per piantarmi lí e allargare le braccia, una figura si para tra me e la mia meta. Capitan Findus. Che codardo, dopo essere fuggito in quella maniera. La sua battaglia l'ha persa, cosa vuole adesso, non c'entra niente con tutto questo.

– Spostati, Findus! – rallento, inchiodo a pochissimi centimetri da lui, faccio una finta di corpo verso destra. Lui, pronto, mi occlude il passaggio.

– Fernandino caro, che piacere... – ha un graffietto su uno zigomo, roba da poco, la vera guerriglia non ha neanche saputo dove stava di casa, se l'è data a gambe come un coniglio. A ogni modo, non ho tempo di chiacchierare con lui, ho pochi secondi prima che il braccio armato della polizia municipale di Roma mi afferri e mi porti in questura.

– Togliti dalle palle, proprio come hai fatto prima, questa è una storia che non ti riguarda, – gli occhi quasi mi lacrimano, tanto li sto stringendo dall'incazzatura.

Findus non risponde. Sospira, si sbilancia su una gamba, butta un occhio ai miei inseguitori.

– Vai, – mi dice, si sposta su un fianco, ecco un'apertura verso gli ultimi gradini. – A loro ci penso io, – e finita la frase si mette sull'attenti, si porta la mano destra alla fronte, le dita tutte unite e il pollice piegato. – È stato un onore combattere contro di te, Agile.

È la prima volta che mi chiama Agile da quando lo conosco. Non so come reagire, sono senza parole. Sciolgo i muscoli e sono pronto a ripartire per lo sprint finale, vorrei domandargli un sacco di cose ma non ne ho il tempo, gli chiedo solo: – Perché?

– Perché te lo devo. Prima non sono stato all'altezza, un vero marinaio lo deve essere sempre. Adesso vai. E poi quel De Michelis è aeronautica, no? – fa una faccia disgustata. – Prenditi la sua donna, quei volatili non valgono nulla –. È proprio vero che ogni preda è a sua volta predatore. La catena alimentare, no? Calamaro mangia uccello, in questo caso.

– Grazie, – dico soltanto. Ricambio il saluto militare, lo sorpasso.

Mentre corro via mi raggiunge una frase: – Ma ricordati che una volta a Villa delle Betulle si riparte da dove abbiamo lasciato, resti sempre la persona che odio di piú al mondo, Fernandino!

Mi volto un solo secondo, il tempo di mostrargli un dito medio, lui sbotta in una risata plateale e s'incammina verso i vigili che mi stanno inseguendo.

È la vittoria. In tre passi sono in cima alla scalinata, nel punto esatto in cui Montepulciano mi ha detto di fermarmi. Guardo in basso: Flaminia, Brio, Rubi e Gutta sono lí, sono piccoli ma riesco a vederli bene, con loro c'è anche Montepulciano che salta come un grillo per l'euforia. Lo sento urlare, ma non capisco un accidenti da qui, mi fa cenno di spalancare le braccia. Le spalanco: un Gesú Cristo vecchio e senza corona di spine. Findus intanto ha intercettato i due della municipale, i turisti sono nel panico, qualcuno vaneggia di un attentato di matrice islamica. Mi verrebbe quasi voglia di dirgli che sono un vecchio italiano di settantaquattro anni, piú incazzato di qualsiasi terrorista mai stato al servizio di Bin Laden. Sono quelli come me e Brio che devono temere, soprattutto Brio.

In un primo momento non succede niente. Mi guardo intorno, a destra, sinistra, in aria. Niente. Poi, da lontano, un boato che diventa sempre piú forte. Tutti sollevano il capo, me compreso. È un attimo, ai due lati dell'enorme struttura uno stormo di colombe bianche si alza in volo sulle nostre teste, scende fino al centro della piazza.

Artefici dello spettacolo, due tizi, sicuramente barboni dell'entourage di Monte. Lí in cima, li vedo stringere ancora le gabbie. Contemporaneamente, una fila di fuochi d'artificio decolla in cielo, fontane dorate che sembrano fiamme, e quel rumore assordante si fa sempre piú forte, tanto che nessuno sa cosa fare, se scappare, restare, ammirare i fuochi, le colombe. Sopra di noi sfrecciano in fila sette aerei da guerra, si lasciano dietro scie verdi, bianche e rosse. Passano velocissimi, vanno via in un attimo, e con loro il boato.

Ma certo, la parata militare di Sandruccio! Che genio, quel barbone, ha fatto coincidere tutto con il passaggio delle Frecce Tricolori. È ufficiale: Montepulciano fa sempre quello che gli dice la testa perché la testa gli dice sempre di fare le cose giuste, e io l'ho sostenuto fin dall'inizio che dovevamo fidarci di lui. La paura tra i presenti si disperde, ora ridono, fanno le foto con i cellulari, continuano ad ammirare divertiti gli ultimi fuochi che ancora partono verso il cielo azzurrissimo, tra le scie degli aerei e le colombe bianche che si posano su alcuni di loro e sui leoni del Vittoriano. Poi, quando i giochi pirotecnici sfumano in un'ultima coloratissima esplosione, uno striscione enorme, bianco, si srotola dalla terrazza. C'è scritto, in nero:

*FLAMINIA TI AMO.*

*TUO,*

*ABILE.*

Abile? Cazzo, Monte! Agile, Agile! Con la *g*! Quante volte ancora dovrò dirtelo? Maledetto barbone rincoglionito.

La gente si scioglie in un applauso lunghissimo. Persino i due vigili battono le mani, divertiti. Findus mi concede l'onore delle armi con un cenno compiaciuto del capo. E io scendo piano gli scalini verso i miei amici. E verso Flaminia. Mi accompagnano gli applausi, stringo mani, alcuni vogliono un autoscatto con me. La testa, un ingorgo di pensieri. Li mando via tutti negli ultimi passi che mi dividono da Flaminia, immobile sul piazzale, le guance rosse come quando aveva diciotto anni. I miei compari e Montepulciano si allontanano, ci lasciano soli. Brio si indica il cuore con una mano tremolante, io annuisco. Mi fermo di fronte a lei, le stringo le mani. Mi lascia fare.

– Ho tenuto un profilo basso, lo so, – esordisco, la guardo negli occhi, quegli occhi neri, all'ingiú, un po' tristi. Sempre gli stessi, loro sí.

– Dino... io... veramente...

– Cosa, Flaminia? – il cuore aumenta i battiti, troppo, troppo poco ancora.

– Io non ho... parole... – la faccia sempre piú rossa.

– E allora non dire niente, – la prendo per un fianco e la tiro a me, forte, la sento schiacciarsi sul mio corpo. La bacio. Vado di lingua, lei ricambia. È il bacio piú caldo, lungo, intenso, della Storia dell'umanità. Quando questo bacio sarà finito io dovrò rientrare in caserma, che l'indomani chiederò un permesso speciale al caporale per portarla al cinema, voglio farle vedere quel nuovo film con Mastroianni che è uscito proprio pochi giorni fa. Non ho molti soldi ma dovrebbero bastare per portarle anche una rosa, ché è vero, alle donne piacciono sempre i fiori agli appuntamenti. Sento che il futuro è una cosa talmente bella che non mi rendo conto di aver usato tutta la vita ad aspettarlo, per poi lasciarlo alle spalle come un vecchio amico finito chissà dove. Poi, la sua lingua esce piano dalla mia bocca, riapro gli occhi e mi accorgo che è proprio vero: la vita ti vola via in un istante. La mia era tutta lí, in questo bacio.

Lei ha ancora gli occhi chiusi, è in un'altra dimensione, le labbra ancora un po' aperte. Le stringo di piú le mani, me le porto al petto, solo allora lei dischiude gli occhi.

– Ti amo, Dino... – sussurra.

Lo stomaco deve sanguinarmi, perché mi fa un male cane. Eppure sono sereno, il cervello mi assicura che quel dolore non esiste.

– Io no, – dico solo.

Flaminia trasalisce, scrolla la testa: – Come, scusa?

Io non ti amo, Flaminia, perché tu non ami me. Tu ami i fuochi d'artificio, le colombe, gli applausi della gente e le scie degli aerei di quel generale in pensione. Tu non sapresti nemmeno come si ama, un uomo come me.

Le lascio le mani, faccio un passo indietro. – Ti ricordi quel pomeriggio in cui mi hai mollato?

Lei è ancora incredula.

– Ecco: l'amore fa male, io lo so da quel giorno lí. Ma fa male una volta a testa.

Flaminia rimane di sasso, sulla faccia un punto interrogativo che la sbianca, le guance non sono piú rosse come prima.

– Addio, Flaminia –. Lo stomaco fa ancora male, forse ho un'emorragia interna, ma non posso togliermi questo gelo dagli occhi, non sarei credibile. Resisto, vado verso i miei amici. La lascio lí, come si abbandonano delle scarpe vecchie, come fui abbandonato io.

Brio, Rubi, Gutta sono attoniti, forse piú di lei. Montepulciano no, sorride, mi stringe la mano: – Io lo avevo capito subito, uomo chiamato Abile in modo erroneo.

Non ho le forze per dirgli niente, sto ingoiando la piú grande bolla di saliva e ansia della mia vita, le parole sono intrappolate nel diaframma, dove c'è solo il caos. Ma io sono il signore del caos, ne uscirò anche stavolta. – Andiamo, su, – trovo la forza solo per biascicare fuori qualche sillaba. – Tutto bene. Abbiamo un lavoro da terminare –. Nessuno ha il coraggio di dire nulla.

Poi, Rubirosa prende la parola: – Bueno, vamos, compañeros, – mi afferra una spalla. Guttalax mi stringe l'altra. Brio prende le loro. Montepulciano ci abbraccia tutti. A un tratto, sento un'altra persona stringersi a noi. – Cosí si fa, cosí si fa, – mormora con un filo di voce. È Lucio, il ragazzo della chitarra. Sembra commosso. Ci sleghiamo, Lucio si riprende lo strumento e ci saluta, mi fissa tutto orgoglioso.

Noi iniziamo a camminare senza voltarci. Solo io, per un momento, mi giro un'ultima volta e guardo lei, Flaminia, diventare sempre piú piccola, piú lontana. Non penso a niente, è tutta la vita che ci penso, ho finito lo spazio e la forza per nuovi pensieri. Succede, prima o poi.

Montepulciano apre le fila, dice che ha un'idea geniale per portarci a Rete Maria, devono avergli spiegato il piano durante la mia assenza. Guttalax e Rubi lo seguono. Io e Brio restiamo dietro, da soli. A un certo punto lui mi prende sottobraccio: – Lo so, fa male.

– Maledettamente, – gli occhi incollati all'asfalto.

– Ci saranno altri momenti per te.

– Credi?

– Noi facciamo quello che ci dice la testa, Agile, non lo hai ancora imparato?

## 19

Il sole è alto nel cielo, manca qualche ora al rosario delle diciotto di padre Anselmo da Procida, ma Brio è già nervoso. Le strade sono decongestionate dai pellegrini, saranno tutti intorno a piazza San Pietro.

Un dubbio improvviso: – Brio, ma perché uno come te si è perso la beatificazione di Wojtyła? E la tua fede? Lui ci pensa su, poi dice: – Appunto.

– Appunto cosa?

– Appunto. La fede cos'è?

Questa è una domanda del cazzo per uno come me. Provo a spararne una: – Le preghiere, la messa, le suore, i calendari di padre Pio? – già so che ho detto una stronzata.

– No, Agile, la fede è amore. Siamo finiti a una festa per una donna che amavi. Abbiamo combattuto i cattivi per riprenderci un amico. Ora stiamo andando a occupare militarmente una televisione dove un prete rovina un momento sacro con la sua zeppola. Piú amore di cosí, in una sola giornata!

– Hai vinto, Bri'.

Stiamo seguendo Montepulciano, dice che ci aiuterà lui ad arrivare alla sede di Rete Maria. Dopo quello che è riuscito a combinare poco fa a piazza Venezia, si è guadagnato la nostra totale e indiscutibile fiducia. Gli ho chiesto anche come avesse fatto, a mettere su quel baraccone. Lui ha detto solo: – Conosco dei barboni, che conoscono dei barboni, che mi dovevano un favore, – poi ha ricevuto una serie di telefonate e abbiamo smesso di parlare. Anche adesso, mentre passeggiamo su un marciapiede del Lungotevere, è al telefono. Sta parlando con un curatore fallimentare di un'asta di cani da caccia, da quel che ho capito. È piuttosto agitato, gesticola molto, a un certo punto si ferma, chiude il telefono in faccia al suo interlocutore.

– Incredibilmente.

– Che? – gli faccio io.

– Che? Niente. Incredibilmente, questo tale.

– Forse vuoi dire incredibile, Monte.

– Incredibilmente. Voleva avere ragione nonostante avessi ragione io, – e salta sopra il muretto a strapiombo sul fiume, si siede lí a gambe incrociate.

– Che è successo? – Guttalax sembra il piú interessato, in realtà la sua è curiosità morbosa di sapere con chi parlava al cellulare.

– Direi che descriverlo come un malinteso sarebbe osare troppo e io sono stanco di osare, è una vita che oso. Una vita che dichiaro la mia e nessuno attende la fine del discorso, una vita trascorsa incredibilmente.

– Incredibilmente? – a me quando dice le cose senza senso mi viene sempre da domandargli: oh, è automatico, non lo faccio apposta.

– Abile, incredibilmente. Incredibilmente senza soldi, poi tanti soldi, poi di nuovo sprovvisto. Poi con moglie, poi sprovvisto. Poi con studio di avvocato importante a Roma, poi sprovvisto. Poi bei figli, poi sprovvisto. Poi affetto, carezze, parenti, compleanno, poi sprovvisto. Poi casa, poi sprovvisto, strada. Incredibilmente, appunto.

Questa volta credo di aver capito.

– Ma la vita non è brutta da vivere, cosí, incredibilmente. Ho visto le albe, i tramonti, ho udito le parole della

gente che non sapeva di essere ascoltata, quelle piú since-
re. Poi tanto freddo e tanto caldo, tanti compagni che ti
aiutano e quelli che pure no. Ve l'ho detto, amici, ma non
fate quei visi di male interiorizzato, ho vissuto una bella
esistenza. Incredibilmente, appunto, – e, sull'ultimo «incredibilmente», gli suona di nuovo il cellulare.

– *Dríín*... – per sfilarselo dalla tasca, Montepulciano
perde l'equilibrio, sbilancia il tronco all'indietro e precipita in basso, risucchiato dal vuoto.

– Monteee!!! – mi lancio verso il muretto, insieme a
Brio e Rubirosa, anche loro strillano. Guttalax si spalma
le mani in faccia.

Ci affacciamo, lo cerchiamo con gli occhi, ma non vediamo nulla. Rubi indica qualcosa piú in là: – Eccolo, è lí!

Montepulciano è poco lontano da noi, si lascia traspor-
tare dalla corrente, verso il sole, in mezzo al fiume. Nessuno ha notato nulla, a parte noi, che lo guardiamo basiti.
Lui ci vede, ci saluta agitando un braccio.

– Incredibilmente! – ci urla, prima di diventare un pun-
tino in mezzo al Tevere.

E proprio come lo avevamo incontrato, lo abbiamo
perso. Per caso. Quante cose ancora avrei voluto chiedergli, farmi spiegare, capire con lui. Fortuna che sta bene, almeno. A pensarci, se n'è andato com'è nel suo stile:
volando in un fiume, cosí, incredibilmente. Senza dirci nulla, perché nulla c'è da dirci, in fondo. Ci voltiamo
verso Gutta che, piano, si apre uno spiraglio tra le dita.

– È vivo, – gli dice Brio.

– Sí, ma... – Gutta sembra devastato. – Come fa ora con
il cellulare? Gli è caduto nell'acqua, si sarà rotto.

Ormai non ci badiamo nemmeno piú. Mi limito a fargli
una carezza: – Tranquillo, ha un modello che non si rompe a contatto con i liquidi.

– Davvero? – Guttalax si toglie le mani dalla faccia.

– Come no –. Poi mi rivolgo agli altri due, quelli piú sani di mente (e ho detto tutto): – Noi eravamo venuti fin qui dietro a Montepulciano perché lui aveva un'idea per farci arrivare in tempo a Rete Maria, giusto? Solo che ora Monte è finito nel Tevere. A voi ha detto qualcosa?

– Nada.

– Niente.

A ogni modo, questo è quello che si chiama: il momento in cui l'uomo che aveva in mano il destino della tua operazione se lo porta via la corrente di un fiume.

– Che ore sono, Brio?

– Quasi le quattro.

– Bene, ragioniamo, ci serve un mezzo per andare lí di corsa… – Quando, proprio di fronte al nostro marciapiede, l'illuminazione.

Una fermata di autobus. Ce n'è uno vuoto, abbandonato lí. Lo guardo, guardo i miei amici. Loro guardano me, guardano l'autobus. Guttalax continua a guardare l'orizzonte, dove ormai Monte non c'è piú.

– Vogliamo farlo? – è l'istinto che parla.

Brio e Rubirosa si incendiano come falò la notte di Ferragosto. Quel vecchio col Parkinson dice: – Non credo sia una coincidenza che Montepulciano sia caduto nel fiume proprio in questo posto, sapete?

– Dici che è un segno?

– Yo digo que sí, – Rubirosa sembra d'accordo con noi.

– Facciamolo, – vado per attraversare la strada. – Ma guido io.

Nessuno ha niente da obiettare, andiamo verso l'autobus e ci fiondiamo verso le porte aperte. Loro tre si mettono con le schiene appoggiate alla fiancata, fanno da pali. Io entro, butto un occhio al quadro: c'è la chiave, perfetto. Mi sporgo: – Si parte, gente –. Non si fanno pregare, in due secondi sono già dentro. Mi piazzo sul sedile del conducente e spingo il pulsante di chiusura delle porte, che sbuffano fino a sigillarsi. Siamo dentro, tutti. Agguanto il volante, lo stringo, lo assaporo tra i polpastrelli, chiudo gli occhi: finalmente respiro di nuovo. Giro la chiave, il motore tossisce un po' e parte. Do un'occhiata ai comandi, questo autobus non è molto diverso da quelli che guidavo io qualche anno fa.

– Parti, cosa aspetti? – l'ansia di Brio, il solito maniaco dell'azione, continua a guardare fuori dal finestrino imbracciando la fionda.

– Un momento... – dico, mentre smanetto su una tastierina accanto alla leva dei tergicristalli, voglio provare a fare una cosa. – Eccoci, ora possiamo partire.

In cima al parabrezza del pullman, nella banda elettronica, compare una scritta: INCREDIBILMENTE.

Glielo dovevo.

Schiaccio la frizione, ingrano la prima, accelero. E partiamo. Brio è accanto a me, in piedi. Rubirosa è seduto nel mezzo, la faccia incollata al vetro a guardare i culi delle vecchie.

Sto guidando, è un sollievo che non credevo di poter piú provare. Avanti, stop, svoltare, tutto dipende da me. Ogni tanto do un colpo di clacson, faccio spostare una macchina troppo lenta. Sono l'imperatore di Roma. Dopo dieci minuti di corsa in cui tutti siamo piuttosto felici, Brio dice: – Agile, ma sai dove stiamo andando?

– No, – ammetto e mi fermo a un semaforo.

– E perché stai continuando a guidare se non sai dove andare?

– Non lo so –. In realtà lo so, è perché mi piace. – Dimmelo tu dove andare, genio! Io guido, tu fai il copilota, no?

Brio mi guarda in cagnesco, si sfila dalla tasca la mappa

di Roma, la studia per un minuto, poi dice: – Alla prossima gira a sinistra, poi fai quello che ti dico io.

– Ecco, questo è giocare da squadra –. Potrebbe portarmi anche dritto ai cancelli dell'inferno, basta che mi lasci guidare questo affare il piú a lungo possibile.

Poco prima che il semaforo diventi verde, sentiamo un sibilo elettrico venire dal ventre del pullman. Io e Brio ci voltiamo insieme. Guttalax ci guarda e sfila piano un biglietto dall'obliteratrice.

– Be'? – domanda allibito.

– Siamo su un mezzo pubblico. Se sale il controllore?

Non dico niente, Brio vorrebbe ma gli faccio un cenno con la mano, è tutto inutile. Ingrano la marcia, stacco la frizione, vado a sinistra proprio come mi ha detto lui.

Riusciamo a sfilarci dal centro trafficato di Roma in mezz'ora, pullman di pellegrini ovunque; parcheggiati in seconda fila, in terza, al centro della carreggiata, un delirio. Siamo le uniche anime viventi che escono dalla zona beatificazione, piuttosto che entrarci. Tipico del nostro stile. Il sole è un po' sceso, fa meno caldo, ho appoggiato la giacca allo schienale del sedile, guido in maniche di camicia risvoltate, proprio come ai vecchi tempi. Quando passiamo davanti alle fermate qualcuno ci guarda strano, prova a decifrare il numero dell'autobus, ma noi non siamo un numero, siamo una parola, anzi, un concetto: incredibilmente. E incredibilmente non abbiamo soste da fare per caricare passeggeri, tiriamo dritti, una sola meta, dove nessuno deve andare, solo noi, noi quattro. I quattro di Rete Maria.

Brio mi guida meglio di un navigatore satellitare, ha inforcato gli occhiali e non stacca la testa dalla mappa. Guttalax mi chiede se possiamo sentire un po' di musica, gli piace la musica in viaggio. Vediamo se questo coso ha anche la radio. Smanetto un po' e trovo un tasto, lo premo, l'altoparlante gracchia qualcosa, comincio a giocare con le frequenze senza togliere gli occhi dalla strada, finché non trovo una canzone.

– Lasciala, è la mia canzone preferita! – questo è Gutta che salta in piedi. Non credo sia davvero la sua canzone preferita, piuttosto che qualsiasi canzone esistente sia la sua preferita, gli piace tutto, a questo vecchio amante del mondo.

> ... quelli che non ci voglion bene
> è perché non si ricordano
> di esser stati ragazzi giovani...

*Bandiera gialla.* Piace tanto anche a me. Comincio a tenere il tempo con le dita sul volante, la testa fa su e giú. E Brio uguale con la sua, le mani non contano dato che tengono sempre il loro ritmo personale.

– Alza, Dino, ti prego! – Guttalax è in piedi nel corridoio, comincia a saltare, Rubi gli si mette accanto: – Sí, alza, Agile! – salta insieme a quel rincoglionito.

Mi scappa una risata mentre li guardo dallo specchio in cima alla mia postazione, quello che serve per controllare le porte. Per una volta, eseguo io un ordine, alzo a palla.

Ci fermiamo a un altro semaforo, di fianco a noi un pulmino di suore, tutte compresse tra i posti davanti e quelli dietro. La musica che rimbomba dal nostro autobus richiama la loro attenzione, prendono a osservarci tutte e sei. Vedono me con le maniche risvoltate e la camicia sbottonata sul petto, Rubi e Gutta che saltano impazziti. Conosciamo bene lo sguardo delle suore, ci dividiamo la vita, con le Miserabili. E questo è lo sguardo del: «Vergogna, peccatori, cosí andrete dritti all'inferno, redimetevi». Ma noi abbiamo un biglietto di sola andata per l'inferno. Se le colleghe delle nostre carceriere sapessero che stiamo per occupare forzosamente la sede della loro emittente culto... Ricambio lo sguardo truce. Poi, per sfidarla, soffio un bacio a quella che mi è piú vicina, seduta al posto passeggero. Lei sgrana gli occhi e si fa rossa. Abbassa il capo. Poi però lo alza, si aggiusta un po' il velo. Mi guarda di sottecchi.

– Ma che cazzo...?

Rubi, come richiamato dalla natura, mi si affianca:

– ¿Qué pasa?

Gli indico con la testa il pulmino. Lui prova subito a flirtare con la piú vecchia, seduta dietro la «mia».

– Miiinchia, me gusta Roma! – e quasi mi sale in braccio per avvicinarsi al finestrino.

La madre badessa ridacchia imbarazzata e gli fa un timido ciao con la mano. Si accende il verde, e *incredibilmente* la mia, in un impeto di coraggio, risponde al bacio di prima. Ripartono, ed è un tripudio di clacson.

– Con loro, dovevamo andare a chiuderci in una casa di riposo! – Rubirosa, vecchio allupato blasfemo.

Ridiamo come non abbiamo mai riso tutti e quattro insieme, persino Brio molla un attimo la cartina e quasi finisce in ginocchio per i crampi allo stomaco. Ecco, se la vita fosse meravigliosa dovremmo morire ora, senza soffrire, senza neanche saperlo. Dovremmo scomparire in un millesimo di secondo e ritrovarci, tutti e quattro, in un paradiso fatto di vecchie che non dicono mai di no, di fionde e bersagli mobili pronti a essere colpiti in una simulazione d'attacco, senza nessuna Miserabile che ti urla contro se osi bere un bicchiere di chinotto fuori dai pasti, senza gli anni, le rughe, senza le regole per cui se hai sbagliato qualcosa non puoi piú farci niente. Un paradiso senza scale, senza salite, senza tappi troppo difficili da svitare con l'artrosi alle mani, pieno di Dietorelle alla menta, quelle gommose però, non quelle dure che ti spaccano le dentiere. Un paradiso dove quattro come noi vengano finalmente trattati come si deve.

20.

Quando le strade hanno meno platani e piú pompe di benzina, ci accorgiamo che siamo ormai lontani dal centro di Roma. Stiamo percorrendo la Salaria con un autobus rubato all'Atac e alla fine di questo rettilineo dovrebbe esserci la sede di Rete Maria, stando a quanto dice Brio. E Brio non sbaglia mai. Infatti eccola fare capolino dietro un curvone. Ci siamo, gli occhi di quel parkinsoniano rissaiolo si allargano come quelli di un gatto che vede la preda. Accartoccia la mappa, se la butta alle spalle, si sfrega le mani, mi sembra anche di vederlo passarsi la lingua sul labbro superiore.

– Accosta qui, svelto, – mi fa. – Gente, arrivati, preparatevi a scendere, operativi, – e si piazza davanti all'uscita.

– Occhei... amico, – non mi lascia molta scelta, dopo tutto: quando sai quello che vuoi, sai quello che vuoi.

Rallento e mi infilo in una traversa prima dello spiazzo di Rete Maria, dove già intravedo un gabbiotto con una sbarra elettrica.

– Brio, – gli faccio, – come superiamo i controlli all'ingresso?

– Già superati.

– In che senso?

– Nel senso che non ci sono problemi per entrare.

– E il guardiano?

– Il guardiano è in bagno con una colite lancinante, da... – si guarda il Festina, – almeno sette minuti.

– Cioè? – Questa la voglio proprio sentire.

– Ho fatto recapitare una scatola di gianduiotti a suo nome, un'ora fa. Pieni zeppi di lassativo.

Oh santo cielo. – E come fai a sapere che li ha mangiati? Io se mi arrivasse una scatola di qualcosa, qualsiasi cosa, non la toccherei nemmeno con un dito se non sapessi chi me la manda...

– Lui lo sapeva.

– Cioè? – Odio essere ripetitivo, ma con Brio mi tocca.

– Suo cugino Vincenzo, che vive a Treviso da anni, e non si vedono mai.

– E tu come fai a saperlo?

– So tutto di lui. Si chiama Livio Anfossi, quarantadue anni, ha una passione per la pesca a traino.

– Pesca a traino?

– Sí, non dirlo a me, una noia...

– No, Brio! Non è questo il punto, ma tu come lo sai?

– Se io dovessi dire tutto quello che so, Agile, la Terra si spaccherebbe a metà.

Vecchio maniaco catastrofico.

Spalanco le porte e spengo il motore che, sfrigolando, si accascia. Brio è il primo a sbarcare giú, Rubirosa e Guttalax lo seguono. Io resto seduto, le mani incollate allo sterzo, ancora un istante, poi scendo anch'io, giuro.

– Agile, andiamo, – Brio ha la fionda in mano, si guarda intorno. – Non è sicuro qui, forza!

– Sí, arrivo arrivo... – Mi faccio coraggio, mollo la presa, inserisco la prima, scendo dal pullman. Non credo ne guiderò mai piú un altro. Oggi ho già avuto fin troppi addii.

Sgattaioliamo rapidi verso l'ingresso. Una nuvola grande, nera, copre il cielo. Non ho idea da dove sia sbucata. Antenne enormi sembrano quasi grattarla, sono tantissime, devono trasmettere il segnale dell'emittente in tutto il mondo, rimbalzando nell'etere, via satellite, arrivando ovunque. Ci nascondiamo dietro una macchina parcheggiata lí davanti, Brio guida l'operazione, che ha battezzato *Rete Maria* (colpo di genio, ve'?) RM, da ora. Controlla di nuovo l'orologio: – Mancano venti minuti alla diretta, – è molto teso. Poi si alza sulle punte, ispeziona l'area oltre il cofano dell'auto.

– Come da programma. Pulito, – e si lancia di corsa verso il portone.

Ci alziamo, il lassativo ha funzionato: non c'è nessuno a presidiare l'ingresso. Pazzi: con noi a piede libero, neanche una guardia giurata di riserva armata fino ai denti? Svicoliamo nell'atrio, c'è un silenzio strano e un cabina di vetro dentro la quale un signore sulla cinquantina, nessun capello in testa e un golfino blu scuro infeltrito, ha gli occhi incollati a un giornale spiegazzato. Faccio segno agli altri della presenza, mi porto un indice al naso. Brio sorride.

– Buonasera! – urla, l'eco della sua voce rimbalza contro il marmo delle pareti. In fondo ci sono due ascensori e una rampa di scale.

Il tipo trasalisce, ci guarda, posa il giornale sulla scrivania: – E voi chi diavolo siete?

Brio dice solo: – Questo è un AF, gente! – e parte alla carica verso il portiere.

AF, *Attacco Frontale*. Che matto, proprio qui che serviva essere piú accorti che mai. È tardi per fargli cambiare idea, dobbiamo assecondarlo.

– Ai posti! – strillo. Rubi e Gutta obbediscono.

Il tipo non capisce perché un vecchio col basco gli stia correndo contro, resta immobile. Quel vecchio col basco salta e, con tutto il peso del corpo, si scaraventa dentro la guardiola, disintegra la porta a vetri e travolge il suo bersaglio.

– *Buuum!* – urla ridendo Guttalax.

L'impatto è violentissimo. I due restano lí, tra i cocci, per qualche istante. Poi, a rialzarsi è solo Brio. Si scrolla di dosso i frammenti di vetro dalla giacca, ha solo qualche puntina di sangue sulle mani e sulle guance, ma sta bene. L'altro, il portiere, resta lungo per terra.

– Morto? – domando a quel pazzo di Brio.

– No, ti sto parlando, non lo vedi?

– Non tu, idiota, quello lí.

– Ah, lui, – Brio lo guarda. – No, respira.

– Ma non potevamo limitarci alla classica testata in faccia?

– Era un AF, l'ho chiamato.

– E se io ora chiamassi una *Buenos Aires*, eh? – alzo la voce.

– Ti sembra il momento di fare una *Buenos Aires*, Agile?

– A te sembrava il momento di fare un *Attacco Frontale* all'ingresso di Rete Maria?

– Io faccio quello che mi dice la testa.

– Ah, bene, perfetto! – sollevo le braccia verso il soffitto. – Ma allora siamo andati tutti fuori di testa, bene, benissimo! Sai che ti dico, Brio? Ci sto, facciamo i pazzi, facciamo tutti quello che ci dice la testa! – lo provoco.

– Esatto, bravo! – Brio fugge verso gli ascensori.

Guardo prima Rubirosa e Gutta, perplesso, poi gli urlo dietro: – Guarda che scherzavo, schizzato di merda!

Ma è troppo tardi, è già dentro l'ascensore, schiaccia un tasto, lo vediamo sparire dietro le porte d'acciaio che si chiudono, lente, inesorabili. Perfetto: Brio è fuori controllo.

– Andiamo, prima che rapisca pure il papa –. Gli altri due mi seguono, chiamiamo l'altro ascensore, ci entriamo dentro e pigiamo 2. Una targhetta dice: «Studi di produzione». Sono certo che è lí che Brio sta andando a fare fuori padre Anselmo da Procida e la sua odiata zeppola.

Usciamo su un corridoio molto lungo, porte a destra e sinistra, e due tizi distesi in terra, pance all'aria.

– È passato di qui, – deduco, poi cominciamo a cercare quel vecchio ninja smanioso di vendetta.

Sentiamo dei rumori venire dalla fine del corridoio, li seguiamo, misuriamo attentamente i passi sulla moquette rossa, siamo vicini ai nemici e disarmati: nessuna combinazione peggiore in casi come questo. Strisciamo fino a una porta piú grande delle altre, ha un oblò al centro. Mi affaccio: è lo studio in cui sta per andare in onda il rosario delle diciotto, perché quello che vedo intento a farsi incipriare le guance è proprio padre Anselmo da Procida. Fa un certo effetto vederlo da vicino, lo ammetto, sembra piú vecchio. Sto per spingere la porta quando una mano mi si pianta sulla bocca.

– *Shhh,* – sento, in un orecchio. – Se fossi stato uno dei loro, adesso saresti morto.

È Brio, fottuto vecchio ombra. Rubirosa e Guttalax al suo fianco.

– Che ci fai qui?

– Vi aspettavo per entrare, voglio dire: è una cosa troppo bella per non farla tutti insieme.

– Tu sei pazzo.

– E tu no? Che hai rintracciato una donna che non vedevi da cinquant'anni solo per dirle che non la amavi piú?

È dura quando qualcuno ti smerda con cosí tanta ragione, l'unica cosa da fare è cambiare argomento il piú velocemente possibile.

– Come ci muoviamo? Mica possiamo fare un AF qui, ora? Chiuderebbero la diretta all'istante, diremmo il rosario di fronte a nessuno.

– Prendiamo qualcuno in ostaggio e li obblighiamo a lasciarci fare, – Brio spia dall'oblò.

– Ma non si finisce in prigione per una cosa come questa, amigos? – Rubi solleva una giusta obiezione.
– In Italia? – Brio si volta di nuovo verso di noi. – Per una cosa come questa? Alla nostra età? Al massimo ci dànno uno scappellotto e ci dicono di tornare alla casa di riposo, state tranquilli.
– Dios benedica l'Italia, el país de la libertad.
– Amici... – questo è Guttalax, – io ho un po' paura, mi fa male la pancia, siamo sicuri? Non è un'azione cattiva questa?
– Non farti venire da correre in bagno proprio adesso, Gutta, – lo sgrido io. – Sarebbe il colmo. Stai tranquillo che ci divertiamo, come sempre.
Lui si tiene una mano sulla pancia, non dice piú niente.
– Ecco, – Brio è di nuovo affacciato all'oblò. – Prendiamo quello lí con la tunica bianca, il biondino, – e schiaccia un dito contro il vetro. – Svelti, dentro, fate piano.
Apriamo appena la porta, entriamo dentro uno alla volta, camminiamo tenendoci bassi. Lo studio è tutto scuro, passiamo tra cavi arrotolati e monitor spenti. In fondo c'è la scenografia, un pannello azzurro con l'effigie della Madonna e tre poltrone in pelle. Su una c'è padre Anselmo, ancora impegnato al trucco, pare ci tenga molto a venire bello in video. Sull'altra, un tale con i capelli lunghi tenuti da una fascetta: padre Luciano da Matera. In braccio ha una chitarra, ogni tanto soffia via un ciuffo di capelli che gli scivola sul viso angelico. È quello dei salmi cantati del venerdí, inutile dirvi che lo odio, com'è inutile spiegarvi perché. Oggi devono aver convocato anche lui per la puntata speciale della beatificazione. La sedia vuota dovrebbe essere quella del giovane prete che Brio ha deciso di usare come ostaggio, credo sia un collaboratore di padre Anselmo. Non importa, ciò che importa è che lo cattureremo

per far stare buoni tutti e dire, finalmente, il rosario in diretta su Rete Maria.

Posso avere un «amen»? Dài, siamo anche in tema.

– Mi raccomando, – bisbiglia Brio, una mano aperta verso di noi. – Voi seguitemi solo dopo che mi sarò alzato. Io prendo di sorpresa quel biondino, gli punto la fionda alla testa e voi vi occupate degli altri.

– E dopo? – gli chiedo.

– Dopo vediamo che succede, pensiamo a prendere il controllo dello studio, prima.

– Bene, – guardo Rubi e Gutta. – Capito tutto, voi? – Annuiscono.

La tensione comincio a sentirla anch'io, questa è l'ultima che facciamo, o la va o la spacca. Ingoio, vedo Brio che si sfila la fionda dalla fondina, ha ancora l'ultima biglia, quella con cui non ha fatto fuori Spavaldi. Lentamente, la posiziona nell'alloggio. Si alza, punta il chierichetto scelto come vittima sacrificale. Gli lascio un paio di secondi di vantaggio, poi mi alzo e lo seguo. Rubi fa lo stesso, e infine Guttalax. Andiamo in fila indiana.

Brio tende l'elastico, è a due metri dal futuro ostaggio. Io mi preparo allo scontro. Di colpo, un fracasso micidiale esplode alle nostre spalle.

Ci voltiamo, con noi tutto lo studio televisivo. Una telecamera distrutta, e poco piú in là Guttalax. A terra, inerte, la pancia sul pavimento e le braccia a disegnare una croce.

– Che succede? – una voce di donna arriva dall'altra parte del set. – Ma chi sono questi?

Padre Anselmo da Procida balza in piedi spaventato, tutti guardano Brio con la fionda in mano. Noi non guardiamo piú niente. Noi guardiamo solo Guttalax.

Brio, il primo della fila, lascia andare giú la fionda, l'ultima biglia picchia sul pavimento e rotola chissà dove. Io e Rubi lo vediamo passare tra noi, corre verso Gutta, sempre immobile a terra. Ci precipitiamo anche noi. Brio è accovacciato su di lui, gli tiene due dita premute sul collo. In tutta fretta lo gira a pancia in su, gli prende un polso, lo tiene stretto qualche secondo. Poi guarda noi, non ha nessuna espressione, solo gli occhi piú neri del buio. Rubirosa lo affianca, si abbassa, scuote Guttalax, chiama a gran voce il suo nome. Niente. Brio gli lascia il polso, si mette una mano sulla bocca. Io sono ancora lí, al suo fianco. Guardo in faccia il mio amico, lo guardo bene, non riesco a staccargli gli occhi di dosso. Ma niente.

Guttalax non sorride piú.

## Quattro giorni dopo

Mama, put my guns in the ground
I can't shoot them anymore
That long black cloud is comin' down
I feel like I'm knockin' on heaven's door.

BOB DYLAN, *Knockin' on Heaven's Door*

– Non sono capace, cazzo, te l'ho detto, non è proprio una cosa che riesco a fare, – questo di spalle, di fronte allo specchio, senza la minima voglia di guardarsi in faccia, sono io. Armeggio nervoso con il nodo della cravatta, ma niente, non ne vuole sapere di andare a posto.

– Stai fermo, vieni qua, faccio io, – Brio è già vestito e incravattato, mi afferra tremolando e comincia a farmi il nodo.

– Pronti? – Rubirosa compare sull'uscio, sono quattro giorni che non dice piú una sola parola in spagnolo.

– Quasi… – Brio in dieci secondi conclude l'opera. – Ecco, adesso sí.

Ci ritroviamo in corridoio, tutti e tre. Tiriamo su col naso a turno, abbiamo poca voglia di parlare, piú che altro facciamo quelle conversazioni che noi, proprio noi, non abbiamo mai fatto.

– Però, meno male, c'è il sole.

– Sí, bella giornata.

– Ieri faceva piú caldo, oggi c'è anche questo venticello leggero.

Vorremmo dircene, di cose, ora che siamo rimasti soli. Ci sarà anche il tempo per questo, ma non ancora. Non oggi, almeno, oggi ci aspettano in giardino, dobbiamo salutare un amico importante.

Infiliamo le scale, al piano di sotto tutti gli altri, c'è anche un sacco di gente del ME a riempire il salone principale di Villa delle Betulle, compresi i familiari di Guttalax. Sono stati loro a scegliere la sepoltura nel cimitero privato dell'ordine di santa Lavinia d'Oriente, la santa sponsor delle MM. E la cerimonia si terrà qui, a pochi passi dalla pineta della casa di riposo. A Gutta piacevano tanto quegli alberi, ci è sembrata una cosa carina da fare. Facce dalle tinte contrastanti accolgono il nostro arrivo: dire che ci siamo abituati è poco, abbiamo sempre diviso l'opinione pubblica, noi. Embargo, Amplifon e una delegazione di altri vecchi ci salutano, Show indossa uno smoking con i colori dell'arcobaleno. Lo abbraccio forte. Mi è sempre piaciuto. In fondo alla sala c'è anche Capitan Findus. Non appena ci vede, ci viene incontro, la folla lo lascia passare.

– Condoglianze, Agile, – mi tende una mano. – Guttalax era un bravo ragazzo.

– Sí, – gliela stringo.

– Anche se siamo nemici, ti garantisco dieci giorni di tregua, per il lutto.

– Non voglio la tua pietà, – nemmeno Gutta l'avrebbe voluta. – Siamo già pari, da domani si ricomincia.

Findus sbuffa un sorriso, si toglie il cappello e se lo porta sul petto. Stringe la mano anche a Rubi e Brio, poi si allontana, esce insieme al resto della folla. Per un attimo restiamo nel salone di Villa delle Betulle da soli con il figlio di Guttalax, si chiama Fulvio. Con lui ci sono la moglie e il figlioletto, il nipote di Gutta, che dovrà avere all'incirca sette o otto anni. Fulvio l'ho incontrato in un paio di occasioni, è un ingegnere, un ragazzone di trentotto anni molto serioso. Tanto serioso che ci guarda con tutto l'odio del mondo, ci passa davanti senza degnarci neanche di un saluto. Rubirosa gli tende la mano, viene ignorato.

– Lascia perdere, Rubi, – lo consolo. – Ci odia, ha anche i suoi buoni motivi per farlo.

Dopo la nostra irruzione a Rete Maria, la notizia è apparsa sui giornali locali, meritandosi anche un paio di trafiletti su quelli nazionali e qualche citazione alle principali radio, con gli speaker che leggevano divertiti la notizia, qualcosa del tipo: «Sapete cosa sono stati capaci di fare quattro vecchietti scappati alle suore dell'ospizio? Ah ah ah!» Roba che se solo ci girasse gli andremmo a occupare la radio seduta stante, potete crederci.

Fulvio ci ritiene responsabili della morte del padre. Guttalax non era come noi, l'ho sempre saputo. Lui ci veniva dietro perché ci voleva bene, a me soprattutto, è stato il primo con cui ho fatto amicizia qui dentro, all'epoca si era offerto di farmi fare un tour della casa di riposo. Non avrei dovuto coinvolgerlo in questa avventura, era troppo piú grande di lui.

– Agile, andiamo, – Brio mi chiama dalla porta. – È ora.

La cosa che piú ricorderò, di questa giornata di primavera, sarà il rumore dei nostri piedi che calpestano l'erba. Un rumore soffocato come se arrivasse da sott'acqua. Mi sembra di essere ovunque tranne che qui, al funerale di uno dei miei tre migliori amici. È strano come uno non si abitui mai alla morte, anche quando ci convive quotidianamente, come noi. Ero sicuro di non averne paura, perché sono vecchio. Solo ora ho capito che non avevo paura della mia, di morte.

Le prime file sono riservate ai parenti; dietro, le Miserabili in tenuta da cerimonia, poi via via tutti gli altri. Noi scegliamo l'ultima fila, come sempre, le vecchie abitudini sono dure a morire. Prendiamo le ultime quattro sedie, Brio si toglie il basco e lo appoggia sulla quarta, rimasta libera. Un signore si avvicina, gli domanda: – Posso? – Scordatelo, bello, – fa Brio. – È occupata, siamo quattro.

La bara è sistemata di fronte all'altare, dietro hanno montato delle pareti floreali e portato una croce in legno bianco. Due chierichetti ai lati del sacerdote spargono incenso. Una musica solenne parte da chissà dove. Il prete comincia a parlare.

– Che palle, – ringhio io. – Questa stronzata cosa c'entra con Gutta?

Brio e Rubirosa non dicono niente, ma so che sono d'accordo con me.

– Lui era un pirata, proprio come noi, – continuo, sono un fiume in piena. – Non un marinaretto come Findus o qualsiasi altro bell'imbusto –. Da un paio di file avanti si gira una signora con un cappello viola, mi guarda malissimo. Facesse pure: non sarà di certo l'occhiataccia di una donna con pessimo gusto in fatto di cappelli a farmi stare zitto.

– Avremmo dovuto farlo mangiare dai lupi per fargli un funerale all'altezza? – Brio, sottovoce. – E poi noi non comandiamo un cazzo, decide la famiglia, noi siamo solo gli amici.

«Solo» gli amici un cazzo, Brio. Dov'era la sua famiglia quando abbiamo combattuto contro Castello Ortensia per quella pista ciclabile e lui si beccò un tosaerba sulla fronte e due punti di sutura? Dov'era la sua famiglia quando è stato rapito da una manica di farabutti e noi siamo andati a riprendercelo all'alba ai Fori Imperiali? Questo dovrei dirgli, ma mi ricordo che oggi non è il giorno per litigare. Mi calmo, faccio un bel respiro.

Rubirosa mi mette un braccio intorno alle spalle, non dice niente, sa cosa mi passa nei pensieri. Intanto il prete continua a blaterare su ciò che è giusto o no in Cielo e in Terra. A un certo punto mi viene in mente una cosa, mi scappa una risatina.

– Oh, – colpisco con una gomitata Brio. – Ti ricordi di quella volta che gli facemmo credere che era cosí stitico perché gli avevamo tolto il colon, una notte?

Brio scoppia a ridere, si tappa la bocca con una mano, poi rilancia: – E gli dicemmo che se ne voleva un altro doveva prenderselo dal corpo di qualcuno, e lo mandammo in camera di quella ninfomane di Vagisil che lo sequestrò per tutta la notte!

Qui non resisto io, la risata si sente fino alle primissime file. Neanche Rubi ce la fa a trattenersi, si infila la faccia tra le ginocchia per non fare troppo chiasso. Il prete si ferma un istante, si alza sulle punte per vedere che succede, il microfono fischia. Tutti si voltano verso di noi, compresa la signora con il cappello viola.

Ma noi stiamo ridendo, sempre di piú, non riusciamo a fermarci. E allora continuiamo a ridere. Ridere come se fosse il giorno piú felice della nostra vita, anche se è il piú triste, perché se n'è andato un pezzo di noi, con quel vecchio rincoglionito, adorabile, di Gutta. Il pezzo meno svelto in battaglia, quello che dovevi accompagnare in bagno se c'era la luce spenta, quello che non capiva mai dove cazzo fossimo e perché. E forse è cosí che si saluta un amico del cuore: ridendo. Perché a piangere ci penserai un altro giorno, quando il peso della vita sarà troppo grande e ti mancheranno le forze. Perché per dire ciao a un ragazzo come te, l'unica cosa che puoi è sorridergli, sperando che lui, ovunque sia finito, stia facendo lo stesso.

E conoscendo Guttalax, siamo sicuri che è cosí.

La cerimonia finisce, tutti si salutano. I vecchi di Villa delle Betulle vengono portati dentro dalle MM. Noi chiediamo di poter salutare Fulvio, il figlio. Suor Elisabettina ci accorda il permesso: – Cinque minuti, non di piú, – impone. Andiamo verso di lui, che proprio in quel momento finisce di parlare con un tale delle pompe funebri. Guardiamo la bara di Guttalax portata via da quattro uomini verso un'auto nera, lunga, con il portellone posteriore spalancato. Alla tumulazione abbiamo scelto di non partecipare: perché va bene tutto, persino la morte, ma credere davvero che Gutta passerà il resto della vita murato in una parete, proprio no.

Ci mettiamo di fronte a lui, schiene dritte e facce serie. Può essere incazzato con noi quanto gli pare, ma le nostre condoglianze le deve accettare, anche se gli faranno schifo. Eravamo i migliori amici di suo padre, lo dobbiamo anche a Gutta. Lui dice alla moglie e al figlio di aspettarlo al cancello di ingresso.

– Ci dispiace tanto, Fulvio, – sono io a parlare, sento che è giusto cosí. – Noi volevamo tanto bene a papà.

– Voi dovreste solo vergognarvi, – il tono è piú duro dell'acciaio. – Alla vostra età fare stronzate del genere? È ovvio che qualcuno ci lascia la pelle. Siete vecchi, non ragazzini.

Che poi, a voler essere pignoli, uno: nessuna stronzata, stavamo occupando un'emittente televisiva nel pieno delle nostre facoltà mentali, e due: vecchi? Noi? Forse non ci siamo spiegati. Ma ho promesso a me stesso di fare il bravo.

– Capisco benissimo che tu possa essere arrabbiato con noi, – e mentre lo dico lo capisco sul serio, intendiamoci, vista da fuori la cosa ha poche sfumature, soprattutto per un figlio. – Ma ci tengo a farti sapere che tuo padre se n'è andato facendo quello che piú amava al mondo.

– Cioè? Facendo qualcosa di illegale e pericoloso?

– Tecnicamente, sí. Ma era con noi, e con noi è sempre stato felice, – provo a prendergli una mano, lui mi scansa.

– Credimi, è cosí.

– Non ci arrivate proprio, voi tre, vero? Vi rendete conto che io ho perso un padre e quel bambino lí un nonno? Avete una vaga idea del dolore che si prova a perdere qualcuno in questa maniera cosí stupida?

D'istinto, i miei occhi si poggiano su quell'essere umano alto poco piú di uno sgabello. Ha i capelli neri neri, a caschetto, ogni tanto la mamma glieli sposta di lato in un gesto d'amore. Gli occhi grandi, neri, le orecchie un po' a sventola.

– Come glielo spiego io, a quel bambino, che suo nonno è morto tutto felice mentre giocava alla guerra con i suoi amichetti coglioni? Arrivederci, signori, – Fulvio si gira e se ne va. – È stato un vero piacere.

Peccato non poter dire lo stesso, Fulvio. Ma va bene cosí. Mi mordo le labbra per la rabbia di non poter raccontare che suo padre, Guttalax, è davvero morto tutto felice mentre giocava (giocava?) alla guerra con i suoi amici coglioni (vada per il coglione, oggi). Avrei voluto augurargli, tra cent'anni si capisce, la stessa morte. Magari fosse cosí per tutti.

– Non pensarci, Agile, – Brio si avvicina. – Ci vediamo dentro, noi andiamo.

– Nos vemos después, – Rubirosa mi fa l'occhiolino, è bello sentirlo parlare di nuovo la sua lingua.

Si allontanano fianco a fianco, verso Villa delle Betulle, li vedo chiacchierare. Secondo me stanno parlando di Guttalax, ancora una volta. Ne parleremo spesso, da oggi.

Io me ne resto lí, da solo, a guardare il carro funebre quasi pronto per partire e una folla di persone intorno a Fulvio e la moglie.

A un certo punto, vedo una cosa piccola piccola corrermi incontro, stretta in una salopette di jeans e una maglia rossa.

– Ciao, – mi fa, la testa sollevata. È il figlio di Fulvio, il nipote di Gutta.

– Ciao.

– Io sono Giorgio, tu?

– Io sono Dino, piacere, – mi abbasso sulle ginocchia anche se mi fanno un male cane.

– Piacere, Dino, – ha gli occhi grandi e pieni di domande. Infatti me ne fa subito una, che mi spiazza: – Ma sei tu, Agile?

– Sí, perché? – come lo sa, questo qui?

– Perché sei uguale uguale a come nonno mi raccontava sempre al telefono.

– Davvero? E cosa ti diceva?

– Che eri il piú forte di tutti nelle battaglie da pirati, mi parlava sempre di te, di Brio e di Lubilosa.

– Rubirosa, con la r.

– Sí. Parlava sempre di voi, nonno, – Giorgio alza le braccia verso l'azzurro. – Si divertiva troppo insieme a voi, era felice.

E che gli vuoi dire, a un bambino che ti dice una cosa del genere. Sorrido, gli metto una mano sulla testa.

– Ma è vero che nonno è volato via mentre faceva la guerra con voi? Papà dice che è volato via come un cretino mentre giocava alla guerra, insieme ai suoi amici cretini. Gliel'ho sentito dire stamattina.

– Be'… – Attento, Agile, stai parlando con un bambino, prova a comportarti da signore anziano, per una volta. – In realtà nonno è volato via perché il cuore gli si è fermato, è una cosa normale, succede a…

Giorgio mi interrompe con un cenno della mano: – Lo so, questo, lo so, anche il mio criceto è volato via un mese fa. Io voglio sapere se è vero che nonno è volato via mentre faceva la guerra insieme a voi.

Da lontano, vedo Fulvio che cerca suo figlio. Lo trova, viene verso noi due a passo deciso. Meglio non fare cazzate: – No, Giorgio, nonno è volato via mentre salivamo delle scale. Sai, purtroppo il suo cuore...

– Oh, – fa lui, triste, e abbassa la testa. – Ho capito... Fulvio si fa sempre piú vicino. Butto un occhio a lui e uno al bambino, qualcosa mi spinge nello stomaco per uscire. Cazzo, sono Dino Agile, non ce la faccio a non esserlo fino in fondo. Io sono quello che sono. Prendo un respiro, sollevo il mento di Giorgio con due dita.

– Tuo nonno se n'è andato facendo la guerra con noi –. Lui colora d'interesse le pupille. – Proprio cosí, tuo nonno era un pirata senza pietà.

– Davveeero? – le sue braccia si rialzano in alto, comincia a saltellare.

– Parola mia. Il piú feroce pirata che abbia mai visto. Non te lo dimenticare mai.

– Fiiico... – si accende, prima che suo padre lo afferri per un polso e lo tiri via con sé.

Giusto il tempo di lanciarmi un'occhiata gelida: – Chissà che stronzate gli avrai raccontato, – mi ringhia contro.

– Io? – mi rialzo in piedi. – Solo la verità.

Fulvio e Giorgio si allontanano. Il bambino dinoccola dietro al passo troppo veloce del padre. Prima di valicare il cancello d'ingresso di Villa delle Betulle e saltare in macchina, Giorgio si gira, un'ultima volta. Io sono sempre lí. Mi fa ciao con la mano, tutto contento. Gli alzo due dita a fare una *v*, con le labbra scandisco bene una parola sola. Pirata. Non credo che il bimbo da laggiú riesca a capirla, ma a me piace pensare di sí. Resto ancora qualche istante, guardo il carro funebre partire piano sul selciato. Dietro, tutte le altre auto, compresa quella di Fulvio. Do uno sguardo al cielo. Sarà che sto invecchiando o che sono diventato romantico tutt'a un tratto, non lo so, ma mi pare proprio di vederlo sorridere.

FINE

*Nota e ringraziamenti.*

I versi a p. 3 sono tratti dalla canzone dei Calle 13 *El hormiguero* (Residente/Visitante).
Il verso a p. 178 è tratto dalla canzone di Nicola Di Bari *La prima cosa bella* (Masini/Pintucci/Di Bari).
I versi a p. 192 sono tratti dalla canzone di Gianni Pettenati *Bandiera gialla* (Testa/Nisa/Duboff/Kernfeld).
I versi a p. 203 sono tratti dalla canzone di Bob Dylan *Knockin' on Heaven's Door*.
Il verso a p. 216 è tratto dalla canzone degli Oasis *Thank You for the Good Times* (Bell).

L'unica parola che mi viene spontanea, se siete arrivati fin qui, è sempre la solita: grazie. Senza metterci a fare convenevoli, ché io sono napoletano e finisce che vi devo invitare tutti a cena. Spero che il libro vi sia piaciuto. E se non vi fosse piaciuto: troppo tardi, gente. Vi vendicherete non prendendo il prossimo.

Un romanzo non nasce mai da solo, è come preparare una cena, anche se sei l'unico a cucinarla hai sempre qualcuno che ti affetta la mozzarella, le carote, ti frega la fetta di salame dal tagliere.
La mia squadra è sempre la stessa. Paolo Piccirillo, per essere l'uomo con cui ho dormito piú notti in tutta la mia vita, conservando intatta la nostra eterosessualità. Alessandro Orabona, perché passeranno gli anni e diventeremo sempre piú principe e pirata, ma saremo sempre il Gatto e la Volpe. Giovanni Rumolo, per le tante facce e il solo cuore enorme. Stefania Cantelmo, perché le devo una notte di manifesti, e tanto altro. Davide Morganti e Marco Ciriello, i miei maestri, i cateti sopra cui diventare ipotenusa. Francesca Piccirillo e Lidia Buoninconti, per il curry scaduto. Daniele Delle Femine, per essere un coglione

meraviglioso. Antonio Santangelo e Diego Emma, per la foto al Mc-Donald's in cui non sapevamo ancora niente. Roberto Strino, il Golconda Project vive nei cuori dei bambini buoni. Marco Ponti, perché so che prima o poi scriveremo un film insieme. Ivan Mazzoletti, che voglio lasciare con la cosa che mi è piú cara al mondo.

Ancora: Umberto Zapelloni e Andrea Monti (perché mi hanno fatto fare rosa), Maurizio de Giovanni, Pino Imperatore, Massimo Pamio (il primo ad aver creduto nella mia fantasia), Matteo B. Bianchi, Darwin Pastorin, Beatrice (per essere Gloria/Messi), Manon Smits, Daniele Pinna (sei riassunto), Raffaella Baiocchi, Miú, Eleni (che ha provato inconsciamente a sabotare questo romanzo), Filippo Conticiello, Luca Maiolino e Ciro Marino. Il piccolo Thomas: ogni promessa è debito. E ancora, tutti quelli che hanno letto, amato, aiutato, *Atletico Minaccia Football Club*. Se questo romanzo esiste è anche merito vostro.

Ah, Pablo Baccello, per lui una stretta di mano e una sola parola, anzi due: Nuova Delhi.

Severino Cesari: con lui basta uno sguardo, un silenzio. Ovunque sarò, ci sarà anche lui. La gratitudine per avermi ascoltato, un giorno di dicembre del 2009, non finirà mai.

Rosella Postorino: non c'è un momento che passo con lei che vorrei essere altrove. È grazie a lei se ogni mia storia diventa piú bella. Per citare Dino Agile: «Gli amici non li scegli, chi dice il contrario non conosce la differenza tra una scelta e una fortuna». Ecco, lei, la mia fortuna.

Paolo Repetti: sei un bastardo adorabile, Rep. Grazie, del tuo sorriso furbo e delle tue trovate da equilibrista russo.

L'ultimo grazie va a chi lavora, tutti i giorni, affinché le mie parole arrivino ovunque. Tutto l'ufficio stampa Einaudi (Maria Ida, Gaia, Stefania, Paola, Sara, Manuela, Chiara e tutti gli altri). L'ufficio diritti e la redazione di Stile Libero (Anna e Daniela in particolare). E ogni singola persona, anche quelle di cui non conosco i nomi, che tra Torino e Roma si prende cura dei miei personaggi.

A tutti: *Thank you for the good times, before the good times fly away*. Ci leggiamo al prossimo, ovviamente.
E come l'altra volta: statemi accanto. Io mi impegnerò sempre tantissimo.

# *Indice*

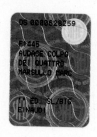

*Questo libro è stampato su carta contenente fibre certificate FSC®*
*e con fibre provenienti da altre fonti controllate.*

MISTO
Carta da fonti gestite
in maniera responsabile
FSC® C115118

*Stampato per conto della Casa editrice Einaudi*
*presso ELCOGRAF S.p.A. - Stabilimento di Cles (Tn)*
*nel mese di maggio 2014*

C.L. 21888

Edizione                               Anno

1   2   3   4   5   6   7              2014   2015   2016   2017